博雅文叢

夜闌話韓柳

金性堯 著

出版説明

「博雅教育」，英文稱為General Education，又譯作「通識教育」。

甚麼是「通識教育」呢？依「維基百科」的「通識教育」條目所説：「其一是通才教育；其二是指全人格教育。通識教育作為近代開始普及的一門學科，其概念可上溯至先秦時代的六藝教育思想，在西方則可追溯到古希臘時期的博雅教育意念。」歐美國家的大學早就開設此門學科。

在兩岸三地，「通識教育」則是一門較新的學科，涉及的又是跨學科的知識。概而言之，乃是有關人文、社科，甚至理工科、新媒體、人工智能等未來科學的多方面的古今中外的舊常識、新知識的普及化介紹，等等。因而，學界歷來對其「定義」抱有各種歧見。依台灣學者江宜樺教授在「通識教育系列座談（一）會議記錄」（二零零三年二月）所指陳，暫時可歸納為以下幾種：

一、通識就是如（美國）哥倫比亞大學、哈佛大學所認定的Liberal Arts。

二、如芝加哥大學認為：通識應該全部讀經典。

三、要求學生不只接觸 Liberal Arts，也要人文社會科學學生接觸一些理工、自然科學學科；理工、自然科學學生接觸一些人文社會學，這是目前最普遍的作法。

四、認為通識教育是全人教育、終身學習。

五、傾向生活性、實用性、娛樂性課程。好比寶石鑑定、插花、茶道。

六、以講座方式進行通識課程。（從略）

近十年來，香港的大專院校開設「通識教育」學科，列為大學教育體系中必要的一環，因應於此，香港的高中教育課程已納入「通識教育」。自二零一二年開始的第一屆香港中學文憑考試，通識教育科被列入四大必修科目之一，考生入讀大學必須至少考取最低門檻的「第二級」的成績。在可預見的將來，在高中教育課程中，通識教育的份量將會越來越重。

在互聯網技術蓬勃發展的大數據時代，搜索功能的巨大擴展使得手機、網絡閱讀、搜索成為最常使用的獲取知識的手段，但網上資訊氾濫，良莠不分，所提供的內容知識未經嚴格編審，有許多望文生義、張冠李戴及不嚴謹的錯誤資料，謬種流傳，誤人子弟，造成一種偽知識的「快餐式」文化。這種情況令人擔心。面對着人工智能技術的迅猛發展所導致的對傳統優秀文化內容傳教之退化，如何能繼續將中國文化的人文精神薪火傳承？培育讀書習慣不啻是最好的一種文化訓練。

有感於此，我們認為應該及時為香港教育的這一未來發展趨勢做一套有益於中、大學生的「通識教育」叢書，針對學生或自學者知識過於狹窄、為應試而學習的不良傾向去編選一套「博雅文叢」。錢穆先生曾主張：要讀經典。他在一次演講中還指出：「此時的讀書，是各人自願的，不必硬求記得，也不為應考試，亦不是為着做學問專家或是寫博士論文，這是極輕鬆自由的，正如孔子所言：『默而識之』便得。」我們希望這套叢書能藉此向香港的莘莘學子們提倡深度閱讀，擴大文史知識，博學強聞，以春風化雨、潤物無聲的形式為求學青年培育人文知識的養份。

本編委會從上述六個有關通識教育的範疇中，以第一條作為選擇的方向，以第二條的芝加哥大學認定的「通識應該全部讀經典」作為本文叢的推廣形式，換言之，就是為初中、高中及大專院校的學生而選取的，讀者層面也兼顧自學青年及想繼續進修的社會人士，向他們推薦人文學科的經典之作，以便高中生未雨綢繆，入讀大學後可順利與通識教育科目接軌。

這套文叢將邀請在香港教學第一線的老師、相關專家及學者，組成編輯委員會，分類包括中外古今的文學、藝術等人文學科，而且邀請了一批受過學術訓練的中、大學老師為每本書撰寫「導讀」及做一些補註。雖作為學生的課餘閱讀之作，但期冀能以此薰陶、培育、提高學生的人文素養，全面發展，同時，也可作為成年人終身學習、補充新舊知識的有益讀物。

本叢書多是一代大家的經典著作，在還屬於手抄的著述年代裏，每個字都是經過作者精琢細磨之後所揀選的。為尊重作者寫作習慣和遣詞風格、尊重語言文字自身發展流變的規律，給讀者們提供一種可靠的版本，本叢書對於已經經典化的作品不進行現代漢語的規範化處理，提請讀者特別注意。

「博雅文叢」編輯委員會

二零一九年四月修訂

目錄

導讀

文史雙攜，感慨繫之

我很喜歡這個書名。

我想很多讀書人都有這樣的經驗，當明月當空，萬籟俱寂，手機的信息通知亦隨之寂滅，心無旁騖，這時候，徐徐翻看自己喜歡的書，思緒飛揚於古今，見聞增廣及中外，像蠹蟲一樣穿穴載籍，或者與二三知己朋友一起閒談學問，真是不亦樂乎。這本書的書名正正切中了許多讀書人的心境。

為我們夜闌話韓柳的不是別人，正是金性堯先生（一九一六—二零零七）。金先生是著名的文史專家和資深出版人，曾任職於上海古籍出版社，著有《伸腳錄》、《土中錄》、《飲河錄》、《不殤錄》等，晚年則傾力編註《唐詩三百首新注》、《宋詩三百首》和《明詩三百首》。其文史功力之深邃，讀者在讀過本書後，應該不難體會。這種「過硬」的文史著作，很容易寫得沉悶，但金先生的文筆清通，娓娓道來，可讀性很高，實在難得。

此書可以分為兩大部份，前半部份主要談韓愈的詩；自〈永州二寺〉一文開始主要談柳宗元的詩，全書是順着歷史發展脈絡而寫的。概略言之，本書有以下三大優點：

一、歷史考證詳密。

茲舉一例，以見其概。在〈從韓湘到韓湘子〉一文中，金先生指出韓愈〈祭十二郎文〉中的十二郎是韓愈的侄子韓老成，而老成有兩個兒子，一名韓湘，一名韓滂，他們都是韓愈的侄孫。晚唐人段成式《酉陽雜俎》卻記載了一件離奇的事：韓愈的「疏從子侄」向韓愈展現了一項「絕技」，利用類似現代溫室培植的方法，令原本的紫牡丹開出了白、紅、黃、綠等不同顏色的花；更離奇的是，每朵花上都有紫色的字寫着一聯詩，四朵花剛好是八句詩，而此詩正是韓愈的七律《左遷至藍關示侄孫湘》。

此等離奇古怪的事當然只是一種文學的想像了，但段成式之所以會有此想像，也並非空穴來風。原來，韓愈原本有《贈族侄》詩，裏面有「自云有奇術，探妙知天工」一句，是說這個族侄有奇術，卻未明言是甚麼奇術。韓詩中的「族侄」到了段成式手中便變成了「疏從子侄」，而「奇術」便具體化為培植牡丹的絕技了。至於為甚麼會具體化為種牡丹，那是因為段成式對牡丹很感興趣，他在《酉陽雜俎》中就曾就牡丹的移植做過考證。

到了宋代劉斧的《青瑣高議》，便將「韓文公之侄」說成是韓湘。這個韓湘同樣也會種花的絕技，也種出了寫有「雲橫秦嶺家何在？雪擁藍關馬不前」的詩句（即《左遷至藍關示侄孫湘》中句），韓愈見後也不知道是甚麼意思；後來被貶潮州，途經藍關，當時正下着大雪，韓愈乃恍然大悟，大為嘆服，稱韓湘為「異人」。後來宋元時期的戲文雜劇，便把韓湘神化，成為「八仙」之一的韓湘子了。而清代御修的《全唐詩》竟然把韓湘的兩首詩歸入仙部，並且這兩首詩都是錄自筆記小說《青瑣高議》，可見《全唐詩》的荒誕。

二、詩歌解說簡明、評價公允。

《山石》詩是韓愈的名篇。金先生指出，詩中沒有明說季節，但我們仍可從山紅澗碧、松櫪十圍、當流赤足、水聲激激等景象推測是夏天，而全詩只是寫第一天的黃昏到第二天的清晨，接觸的空間卻很廣闊。這些分析都是很簡明到位的。金先生又說：

此詩一韻到底，都用單句，不用偶句。直書所見，無意求工，全以勁筆撐空而出，一句一個境界，一個畫面，「天明」六句，就像一幅早行圖。

（〈濃淡相交的《山石》〉）

一韻到底指全詩的韻腳都用同一韻部（五微韻），不轉韻，也不雜用其他韻部，而且不用對偶句，通常寫作長篇七古，為了增加句法的變化，會偶爾加入一兩聯對偶句，這些都是就此詩的形式而言的。寫作手法上，則用賦筆白描，無意求工而自工；所謂「勁筆撐空」，是指不用迂迴的描寫手法，而直書所見，用鋪敍的散文寫法一氣直下，加上音節歷落，形成雄渾清峻、奇崛險勁的風格。

相信很多人都讀過柳宗元的《江雪》詩：「千山鳥飛絕，萬徑人蹤滅。孤舟蓑笠翁，獨釣寒江雪。」金先生評論說：「以入聲押韻，不覺拗澀，卻是用變態心理寫的。」他在比較杜甫《瘦馬行》和柳宗元《跂烏詞》的時候曾對「變態心理」有過分析：

> 杜詩實多於虛，柳詩虛多於實，而憤激哀怨的情緒更為明顯。馬瘦得像石頭，鴉只剩一隻腳，這些形象，其實並不美妙。詩人卻寫得筆酣墨暢，奇形怪狀，其實是一種創作上的變態心理，它使詩人盡情發洩，獲得快感，超越了心理和物理之間的距離。（〈比喻之兩柄〉）

由此可見，金先生所謂「變態心理」指的是詩人所用意象乃至筆調，與其心理狀態形成反差甚至矛盾，使詩歌具有強烈的張力和深刻的感染力。這時的柳宗元已經未老先衰，疾病纏身，眼花心悸，腿麻膝顫，而且因為王叔文集團在政治上的失敗而連累被貶至永州，終日惶恐不安，「自余為僇人，居是州，恆惴慄」（〈始得西山宴遊記〉），「僕悶即出遊，遊復多恐」（〈與李翰林建書〉）。柳宗元便是在這種心情下，寫下名篇《江雪》，描繪了一幅清冷孤寂的江雪獨釣圖。金先生認為這首詩有很強烈的悲劇情緒，因為江雪使大地清新潔白，所有骯髒醜陋的形象都消失了，世界好像重新建立，而詩人的靈魂也隨之而乾淨寧靜了。如果我們不了解柳宗元的背景和心理，就會覺得這是一首很清高孤冷的詩，而看不到它背後的悲哀，這種反差，便是「變態心理」，金先生的解說可謂新穎精確。

三、廣引不同詩人的作品對讀，以廣讀者眼界。

鑑賞任何文學乃至藝術，都需要對比，俗語所謂「貨比貨」，只有在對比之下，才能凸顯作品的異同和優劣。陶淵明和柳宗元都寫過詠荊軻的詩，同樣是五古，金先生評論道：

> 從風格上看，陶、柳兩詩極為相似，儘管故事本身很壯烈，語言還是平淡，如果換了韓愈，不知要用多少硬語險語。（〈荊軻刺秦王〉）

所謂硬語，指的是不作過多修飾而直道事物和感情本質的語言；而險語，則是指不用常人習用的寫法和陳腐的語言，而追求新生語言。正如蘇軾所言，陶、柳詩是「外枯而中膏，似淡而實美」的（《東坡題跋》卷二），所謂「枯」和「淡」是指其語言運用，而「膏」和「美」則指其內容充實，語淡而味長。宋型文化有很強烈的內轉傾向，在思想上有理學家重建先秦儒家既內在又超越的道德形上學系統，在社會上則出現以追求個人自由為目的的隱逸之風，在文學上則欣賞平淡溫和的詩風。[1]因此，蘇軾被貶海南，也隨身帶陶、柳詩集。

韓愈、柳宗元和李商隱都寫過梅花詩，韓愈用的是五言排律，着意刻劃，金先生評説：

> 韓詩的出色之作多半在古風，律詩非韓愈所長。此詩實類試帖詩，只圖着意刻劃，不能表現他的真性情。（〈早梅詩〉）

而評柳宗元的五古《早梅》卻説感情真摯，語言自然，無雕琢之跡。李商隱寫的是五律，金先生引了方回、紀昀和周振甫對「素娥惟與月，青女不饒霜」兩句的解釋，並認為周振甫之説最能體會李商隱的隱曲心事。此兩句用「惟與」和「不饒」四個虛字，將前後連貫，「惟與」就是只與，素娥只給予梅花月光，虛而無益，而青女卻不因梅開而少減風霜，是實在而且有損的，這樣的解釋確實比方回的「最宜月，不畏霜」來得深刻精確。比較三首梅花詩，韓愈寫得最不好，但柳宗元與李商隱比如何？金先生並沒有告訴我們答案，筆者則認為李商隱更勝一籌，不知各位讀者以為如何？

以上三大優點，僅就筆者所見而言之，此外如文筆清通、旁徵博引等優點，因篇幅所限，不能細說，讀者閱讀過後，自能體會。金先生行文時偶爾會發出感慨，如：

然而在皇權時代，卻還允許謫官公然說出反話冷話，尚不失為「聖人於天下，於物無不容」的「明君」。這樣看來，韓愈的《元和聖德詩》也還頌揚得對。（〈聖德與筆禍〉）

由韓碑之撰、裴李之功到淮西之役本身，後人都有分歧意見，有的已非學術性而屬於政治性，但在專制的統治下，還是允許自由議論，各抒己見，這一點寬容的氣象，卻是值得欽羨的，中國文化傳統所以能夠不絕如縷，歷劫長存，未始不與這種氣象有關。（〈征途詩情〉）

文學上的創獲補償了政治上的挫折，也說明古代還是允許罪臣有寫山水詩文的自由，其中還夾雜憤懣和牢騷。沒有這一點可憐的自由，文學史上就要喪失不少的寶貴遺產，這是連我們也要感頌皇恩浩蕩的。（〈西岩漁翁〉）

筆者讀到這些文字時，也為之感嘆不已。如果只有上述三大優點，那只能寫出硬邦邦的學術文章，而這些感慨和議論卻是金先生文章的活力與生命所在，值得讀者仔細品味。

溫仲斌

註釋：

[1] 詳參劉方：《宋型文化與宋代美學精神》（成都：四川出版集團巴蜀書社，二零零四年）。

溫仲斌，國立台灣師範大學國文研究所碩士生，香港青年國學研究會副會長，香港儒學會會員，香港詩書聯學會會員。曾獲第三十六屆中興湖文學獎古典文學組第二名，第十四屆余寄梅盃全港書法公開賽公開組冠軍。

寫在前面的話

一本父親當年以「獅子搏兔之力」撰就的《夜闌話韓柳》再次放在我的寫字枱上，這已是在整理完父親全集、集外文之後的又一次「晤對」，看着這本淺灰底色、玲瓏精巧的香港中華書局初版的「詩詞坊」小書，我感到親切、慰藉；此書初版於一九九一年六月，至今仍為讀者喜愛，在繼《閒坐說詩經》入選北京出版集團的「大家小書」後，再獲入選，我感嘆父親文字乃至文章的愈久彌香的生命力，已經超出了父親寫作時的預期。

我查檢了父親當年相關的日記：

一九八八年八月二十七日，星期六　上午，文男陪鍾潔雄來，欲以「詩詞坊叢書」編事相託，殊出意外。下午，即擬叢書之寫作要求及選題，並致鍾潔雄信。……文男來，相與談叢書事，初步擬定作者名單。

一九八八年八月二十九日　溫度稍升。十二時，與文男同至錦江，鍾女士邀我飯於餐廳，即將草案交彼，彼云每本擬致主編費港幣五百元。

一九九零年三月三十一日，三月初五　夜，始撰《韓柳》。

一九九零年九月二十三日，今日秋分　今日起，重新審閱《夜闌話韓柳》。

一九九零年九月二十六日，星期三　晴。審閱《夜闌話韓柳》。即將寄港矣。

一九九零年九月二十七日　整理《韓柳》畢，編目錄，致盧建業函。

從中可知父親主編此「詩詞坊叢書」啟動於一九八八年八月，而他親自撰寫的其中第二本《夜闌話韓柳》（第一本即《閒坐說詩經》）的寫作則始於一九九零年三月，畢於一九九零年九月，期間父親克服了母親因中風而病重、去世所帶來的種種體力和精神上的痛苦，以及自身病痛的煎熬，以頑強的毅力，並以「獅子搏兔」般的文學寫作之力所完成。父親當年是怎麼也想不到「詩詞坊叢書」，後來會經台灣漢欣文化事業有限公司再版、江蘇古籍出版社再版、北京中華書局再版（以上皆為父親在世時重版），而今他的這兩本小書又入選北京出版集團的「大家小書」，父親泉下有知，當可欣慰有加了。

這次開卷重讀，不免再次被書中所述先賢詩人的忠誠和義舉所感動，舉一例：柳宗元於唐順宗時，曾參加王叔文革新集團，任禮部員外郎。憲宗即位，王叔文集團受到打擊而失敗。他被貶為永州司馬，後又改柳州刺史。當他將貶柳州時，劉禹錫也將貶播州（今貴州遵義市），他因與禹錫是同年及第，又看到劉母在堂，一去勢將母子永訣，便要求對調。後來大臣也為禹錫申請，遂改任連州。父親在《政見與友情》一文中評論道：「僅此一舉，其人足傳。」又云：「（韓愈作）《柳子厚墓誌銘》是純粹的散文，卻是以詩人的忠誠和激情，追溯亡友的風義和委屈。凡是優秀的抒情文，也必寓有詩的氣質。」還說：「韓愈為柳宗元寫墓誌銘和祭文，曾經受到別人的指摘，因為宗元是逐臣，即使在一瞑之後，還應該避嫌疑，但韓愈還是寫下來了。韓愈對宗元有不滿處，因為宗元參加過為韓愈痛恨的王叔文集團，《柳子厚墓誌銘》中說宗元『勇於為人，不自貴重顧藉』，便是惋惜中含責備之意。在這一點上，兩人的政見是不同的，但政見歸政見，友情歸友情，作為兩者之間的樞紐是正直。……詩人才有此心聲。」父親當年的評論是客觀公允的，是真正了解詩人的人格品性的。也正因了父親那些文史隨筆中的隨處可見的點睛之評，更增添了他的文字的深刻性和滲透力。

書中《永州二寺》一文的末尾有這樣一段：「他（柳宗元）的《與崔策登西山》有云：『蹇連困顛踣，愚蒙怯幽眇。非令親愛疏，誰使心神悄（憂愁）？偶茲遁山水，得以觀魚鳥。吾子幸淹留，緩我愁腸繞。』詩意先敍貶逐之苦，使自己閉塞得連精深奧妙的道理也害怕領會，下兩句隱喻孤獨帶來的愁悶，因而希望崔策能長留於此，以消解他的百結愁腸。這詩是廢居八年後作的，但崔策是不可能長留的，最後還是離他而去，宗元曾作序送他。詩人也更為寂寞了。人有時需要寂寞，然而寂寞過久，那滋味也是難以經受的，何況是詩人！」父親這裏評介柳宗元是寂寞的，因他自己有深切的感受。父親晚年因種種原因是非常寂寞的，但也正因為「有時需要寂寞」，才寫出了那麼多至今都頗受讀者喜愛的文字，「然而寂寞過久，那滋味也是難以經受的」，何況是像父親那樣「聰明，有才氣」（王任叔在父親二十三歲時對他的評價）的作家，所以他會得憂鬱症；但也正因為「寂寞」、「憂鬱症」的煎熬，他的文字才更孤傲、通達，他的評論也更銳利、深刻；也更迫使他勤於筆耕，視寫作為生命、為唯一樂趣，才留下這飄逸着筆墨清香的六百萬文字，並湧動着愈久彌香的生命力！

最後，錄一段或許出自父親親撰的文字，作為對此書的簡介：

韓愈、柳宗元，為中唐文壇的兩大巨擘，合作推動的古文運動，波瀾壯闊，唯陳言之務去，一洗雕琢駢儷、理氣不足的六朝文風，文起八代之衰。

詩作方面，韓詩詭奇、跌宕，後世以為晦澀，然亦另闢蹊徑，骨力盡現；柳詩清高、悠遠，將山水詩發揚光大，成一代的風流，亦世無異議。

本書即以詩作為主，貫串韓、柳的生平事、升沉起落，以簡短有力的篇幅、縷縷細述，力求重現詩人的人格面貌。

今天正是父親辭世八週年紀念日，願此文化作縷縷青煙，飛往另一個世界的父親膝前！

金文男

二零一五年七月十五日

政見與友情

談到韓柳，必然要談到唐代古文運動。古文運動的倡導者是韓愈，柳宗元則是積極的支持者。這一運動的宗旨是要恢復先秦兩漢的文章傳統，簡言之便是復古。如果按照現代的習慣説法，復古等於是保守、倒退的代名詞，可是在韓柳時代，卻是推陳出新，一反六朝以來柔靡浮華、陳陳相因的駢文的僵化程式，重新創立一種清新自由的文體，語言也比較接近民間，所以能從文壇流行到社會，進而在政治生活中起了重大作用。

古文運動的發生和發展，有其特定的時代背景，不是一朝一夕的事。在韓柳之前，早已有陳子昂、李華、柳冕等在提倡古體，到了韓柳，便水到渠成。然而韓柳在古文運動中所以有此卓著的成績，不僅因為他們有理論上的闡揚，更重要的，還在於有自己的創作成果，我們只要看看他們寫的議論文、記事文、抒情文，要是用駢體來寫，效果就要大減，內容是不能不受形式的制約的。人們將古文和駢文兩種

韓愈

文體一比較，取捨抑揚，立即分明。

但韓文能夠贏得大眾的愛好，也還是經過一番曲折，韓門弟子李漢在《昌黎先生韓愈文集序》中，說韓愈在「大拯頹風」過程中，「時人始而驚，中而笑且排，先生志益堅，其終人亦翕然而隨」。最終為甚麼能使人們「翕然而隨」呢？作品本身是決定性的因素，就像政治家能取得人民的愛戴，首先決定於他們的治績。

任何文學運動，理論上的宣傳固然必要，但理論到底不能代替創作。讀者看了理論，懂得了一番大道理，但創作上如果站不起來，理論便成為肥皂泡。「五四」的白話文運動，如果沒有胡適、周氏兄弟等的作品，形勢就大不同。宋初的西昆體略如唐初的駢體，當時反對的人也很多，石介就是其中的一個，但石介本人作品的藝術性較差，到了歐陽修出來，才給詩風以重大的轉變，因為歐公在詩文上確有他自己的特色，在宋代的古文運動中，他使韓愈的精神復活了。

韓愈和柳宗元的締交，當在德宗貞元十九年（八零三），即同在長安的監察御史任內。他們在藝術上各有魅力，性格上也不同，在政治上，韓愈一貫反對藩鎮（地方軍閥）割據，反對國家分裂，力求穩定統一，在忠實於唐王朝這一前提上，和柳宗元是完全一致的，但在對王叔文集團的態度上，卻是相反的：柳是這一集團的參

柳宗元

加者，後來因此而遭謫逐，韓卻對王叔文很痛恨，斥為小人。王叔文企圖接收宦官兵權，抑制藩鎮勢力，在當時固有進步意義，但其人也頗專擅，韓愈疑心他自己之貶陽山是受王叔文集團的排擠，因而懷有偏見，並對柳宗元不滿，可是仍很尊重他。

憲宗元和十四年（八一九），柳宗元在柳州逝世後，韓愈就寫過《祭柳子厚文》、《柳州羅池廟碑》、《柳子厚墓誌銘》三文。《祭柳子厚文》是四言韻文，《柳州羅池廟碑》後附以《騷》體的詩，《柳子厚墓誌銘》是純粹的散文，卻是以詩人的忠誠和激情，追溯亡友的風義和委屈。凡是優秀的抒情文，也必寓有詩的氣質。

《柳子厚墓誌銘》曾經記載這樣一個故事：

其召至京師而復為刺史也，中山劉夢得亦在遣中[1]，當詣播州，子厚泣曰：「播州非人所居，而夢得親在堂，吾不忍夢得之窮，無辭以白其大人，且萬無母子俱往理。」請於朝，將拜疏，願以柳（州）易播，雖重得罪死不恨。遇有以夢得事白上者，夢得於是改刺連州[2]。

劉禹錫自朗州召還至京師，宰相欲任以南省郎[3]，而禹錫卻作《元和十年自朗州召至京戲贈看花諸君子》七絕，其中有「玄都觀裏桃千樹，盡是劉郎去後栽」句，也是傳世的名篇，但因語涉譏諷，觸當權者之忌，便又出貶為播州（今貴州遵義）刺史。《柳子厚墓誌銘》中說的「願以柳（州）易播」，即指其事；這一事件，確也概見柳宗元的生平。千載之下，猶使人感到鬚眉畢現，肝膽照人，是一個名副其實的大丈夫。

韓愈為柳宗元寫墓誌銘和祭文，曾經受到別人的指摘，因為宗元是逐臣，即使在一瞑之後，還應該避嫌疑，但韓愈還是寫下來了。韓愈對宗元有不滿處，因為宗元參加過為韓愈痛恨的王叔文集團，《柳子厚墓誌銘》中說宗元「勇於為人，不自貴重顧藉」，便是惋惜中含責備之意。在這一點上，兩人的政見是不同的，但政見歸政見，友情歸友情，作為兩者之間的樞紐是正直。清人儲欣在《唐宋八大家類選》中評云：「昌黎墓誌第一，亦古今墓誌第一。以韓志柳，如太史公傳李將軍，為之不遺餘力矣。」韓愈這篇文章，不僅在內容和技巧上力透紙背，也是友誼史上的好資料，包括柳之對劉。禹錫為宗元寫過兩篇祭文，在《重祭柳員外文》中有這樣四句話：「千哀萬恨，寄以一聲。唯識真者，乃相知爾。」也是真正從肺腑裏說出來的，唯詩人才有此心聲。

註釋

1 劉禹錫，字夢得，洛陽人，出生於嘉興，祖籍中山（今河北定縣）。

2 初唐狄仁傑任并州法曹參軍時，同事鄭崇質將充使絕域，而鄭母老且病，仁傑對崇質説：「太夫人有危疾，而公遠使，豈可貽親萬里之憂？」便往長史藺仁基處，要求以己代崇質而行。其事和宗元的以柳易播有類似處。

3 唐尚書省在大明宮以南，故稱為南省。

韓歐淵源

從前的讀書人，談到古代的散文，必盛稱「唐宋八大家」，即唐的韓愈、柳宗元，宋的歐陽修、蘇洵、蘇軾、蘇轍、曾鞏、王安石。明初朱右把他們的文章編成《八先生文集》，其書未傳世。嘉靖時，唐順之著《文編》，於唐宋人文章除這八家外，一概不取。茅坤最崇仰唐順之，便編成《唐宋八大家文鈔》，唐、茅也成為唐宋派了。

韓柳的古文運動發生於中唐，但駢文在晚唐仍在流行，五代至宋初，浮靡柔麗的文風還很有勢力，至歐陽修時，才使宋代的古文運動掀起了高潮。其中有一點值得注意的：他們不高談先秦兩漢而直接取法韓愈，而又着重於韓文的文從字順、平易流暢，不學他奇古奧僻這一面，使語言更容易為人們所接受，清代桐城派文章所以取得成功，也因為得力於唐宋的古文。

由於宋初流行楊（億）劉（筠）的西昆體，古文不受重視，韓愈的文集湮沒了二百年。後來古文運動的先驅者柳開、穆修曾刊刻韓柳文集，但影響不大，至歐陽修出，才光復了韓文的天下。

歐陽修中進士在天聖八年（一零三零），隔了三十餘年後，即他晚年時，寫了一篇《記舊本韓文後》。文章說，他少年時住在僻陋的漢東，又值家貧，沒有藏書。後來在大姓李氏家中，看見敝篋中有舊書，其中有《昌黎先生文集》六卷，卻已脫落顛倒，沒有次序，便向李家借歸，讀後「見其言深厚而雄博」，由於年輕，卻未能通曉它的精義。到了十七歲，因考試落第，重讀韓文，便喟然嘆道：「學者當至於是而止爾。」意思說：作文必須達到那樣的水平。到了在洛陽做官時，便拿出昌黎集予以補綴，並求得其他所有舊本而校訂，於是韓文大行於世，「學者非韓不學也」。

歐陽修寫此文時，家藏圖書已有萬卷，這部韓集是貧困時向人借來的舊物，因而特別愛惜。文中通過他自身年歲、家境、藏書的變化，反映了韓文由湮沒而風行的過程。人到晚年，尤戀舊物，這舊物卻是書本。他又指出，那些時髦的媚俗的文章，如楊劉的「時文」，只能作應付科舉、獵取聲名、誇榮當世的工具，其實還是出於勢利之心，他之愛好韓文，卻是為了補償素志。他為官數十年，所以能夠進不為喜，退不為懼，韓文對他是起了重大作用的。

歐陽修在散文之外，用詩歌稱讚韓愈的也有幾首，如讀石介《徂徠集》後，稱石氏「問胡所專心？仁義丘與軻。揚雄韓愈氏，此外豈知他」；《菱溪大石》的「嗟予有口莫能辯，嘆息但以兩手捫。盧仝韓愈不在世，彈壓百怪無雄文」；《青松贈林子》的「子誠懷美材，但未遭良工。養育既堅好，英華充厥中。於誰以成之？孟韓荀暨雄」（雄指楊雄）。最著名的為《贈王介甫》：

翰林風月三千首，吏部文章二百年。老去自憐心尚在，後來誰與子爭先？
朱門歌舞爭新態，綠綺塵埃試拂弦。常恨聞名不相識，相逢樽酒盍留連？

此詩作於至和三年（一零五六）。在這之前，曾鞏屢次向歐陽修推薦王安石，到了這一年，安石乃拜訪，由此締交。論輩分，安石是後輩（這一年為三十五歲）。

第一句的「翰林」指李白，第二句的「吏部」，胡仔《苕溪漁隱叢話》引《曼叟詩話》，以為指南朝齊吏部侍郎謝朓。卻是錯的，也許因為李白很欣賞謝朓詩句而聯想到。歐詩中的「風月」指詩歌，「文章」指古文，原是詩文分指，謝朓卻不以古文著名。韓愈至歐陽修時約二百餘年，謝朓卻有五百年光景。歐陽修《唐韓愈羅池廟碑》文中即稱「唐尚書吏部侍郎韓愈撰」，梅堯臣也有《擬韓吏部射訓狐》詩，皆可證歐詩的「吏部」原指韓愈。五六兩句，則指安石不隨流俗，愛好古文。

但王安石卻不很喜愛韓愈，其《奉酬永叔見贈》有「他日若能窺孟子，終身何敢望韓公」，次句並非謙遜，實是指不想學韓公的樣，在下篇《王文公與韓文公》中將作為專題來談。

至於歐陽修本人，他是始終尊重韓愈的，詩文創作上也很受韓愈的影響，他謫夷陵令時，至潯陽琵琶亭，有「今日始知予罪大，夷陵此去更三千」句，便是翻韓愈《武關西逢配流吐蕃》中的「我今罪重無歸望，直去長安路八千」句意。蘇軾就說歐陽修是宋朝的韓愈，邵博《聞見後錄》卷十八也有「永叔自要作韓退之」的話，後人因而又將「韓歐」聯稱，如元好問即有「九原如可作，吾欲起韓歐」語。王世貞《題歸震川遺像贊》：「千載有公，繼韓歐陽。」因為歸有光是唐宋派古文的名家，所以說他是韓歐的繼承者。

不但如此，韓愈的以文為詩的缺點，在歐詩中同樣存在。這也是不難理解的：由於在古文上用力深厚，往往不自覺地會在詩歌上出現這種傾向。方回《跋僧如川詩》，又舉了一個很有趣的例子：韓愈、歐陽修都不喜歡佛學，卻喜結交僧人，韓門有惠師、靈師、廣宣、大顛等，歐門有秘演、惟儼等。到了蘇軾、黃庭堅，則既愛佛學，又愛交僧人了。王安石《和平甫招道光法師》所謂「古人詩字恥無僧」。

王文公與韓文公

王安石對韓愈的不滿，在北宋人中是突出的一個。清人蔡上翔《王荊公年譜考略》卷五，竭力為安石掩飾，正見得王對韓的不滿要由他的信徒曲為辯護。安石的《説性》、《原性》二文，就是針對韓愈的。還有一篇《伯夷》，也是和韓愈唱反調。他以為伯夷如果不死，一定會歸附武王，所以韓愈因襲司馬遷不食周粟之説而作《伯夷頌》是大錯誤。那麼，伯夷最後為甚麼未食周粟？據王安石推測，也許因為年事已高，無法跋涉數千里之遙從海濱趕到周都，乃使有志未遂，死於北海，也許死於半路上了。安石是一本正經説的，卻使人感到像小説家之寫演義。其實，伯夷避紂之暴政是一回事，殷室既亡，他成為殷朝的白首遺老，不願再食周粟，也是很自然的事，兩者在伯夷身上是統一的。

用詩歌來表示不滿的，除了前舉的《酬永叔見贈》外，還有《秋懷》的「韓公既去豈能追，孟子有來還不拒」，和「他日若能窺孟子，終身何敢望韓公」正相貫穿。

俞文豹《吹劍錄》說：韓、王皆好孟子，皆好辯，「三人均之為好勝！孟子好以辭勝，文公好以氣勝，荊公好以私意勝」。說得很風趣又很中肯，這三位大家確是不讓人的。安石又有《韓子》云：

紛紛易盡百年身，舉世何人識道真？力去陳言誇末俗，可憐無補費精神。

這是諷刺韓愈至死未悟真道，末句襲用韓愈《贈崔立之評事》的「可憐無益費精神」句，實是反唇相稽。《送潮州呂使君》云：「不必移鱷魚，詭怪以疑民。」這倒說得對，韓愈在潮州以祭文驅鱷魚，就把自己扮成張天師作法了。錢鍾書《談藝錄》說：古來薄韓者多姓王，安石之外，還有宋之王令，明之王守仁。王令《採選示王聖美葛子明》，曾說韓愈早年作詩，頗以豪橫自恃，晚年志得意滿，常以金玉自慰，並以世俗之好，與妻子相語。這是指韓詩《南內朝賀歸呈同官》和《示兒》。韓夫人盧氏，封高平縣君[1]曾入朝宮中，所以韓詩有「滉蕩天門高，著籍朝厥妻」語，王令乃以「安知九列榮，顧是德所累」譏其勢利虛榮，也很中肯。但王令對韓愈還是尊敬的，如《韓吏部》云：「宣尼夾谷叱強齊，吏部深州破賊圍。始信真儒能見用，

王安石

可謂邦國大皇威。」這是指鎮州之亂時，韓愈奉詔宣撫，說服王廷湊故事。王守仁《示諸生》，就乾脆說「只從孝弟為堯舜，莫把辭章學柳韓」了。

錢氏分析王安石所以不滿韓愈的原因，「殆激於歐公、程子輩之尊崇，而故作別調，『拗相公』之本色然歟」。其中有負氣，也有「逆反心理」。

錢氏又歷舉王詩從韓詩偷語偷意偷勢的許多例子，如王詩《懷鍾山》的「何須更待黃粱熟，始覺人間是夢間」，即本韓詩《遣興》的「須著人間比夢間」。《元豐行》得意語的「田背坼如龜兆出」，《寄楊德逢》的「似聞青秧底，復作龜兆坼」，也本於韓詩《南山》的「或如龜坼兆，或如卦分繇」。《遊土山示蔡天啟》的「或昏眠委翳」四句，《用前韻贈葉致遠》的「或撞關以攻」十二句，全套《南山》「或連若相從，或蹙若相鬥。……」。《和文淑湓浦見寄》的「發為感傷無翠葆，眼從瞻望有玄花」，又本於韓詩《次鄧州界》的「心訝愁來惟貯火，眼知別後自添花」，而「玄花」兩字，則本於韓詩《寄崔立之》的「玄花著兩眼」，即是自憐衰疲，兩眼已生黑花，用上這兩個字，便成為詩的語言。劉壎《隱居通議》卷六、卷十一，謂安石絕句，實發機於韓愈「天街小雨潤如酥」一絕，「雖殊欠骨力，而流麗閒婉，自成一家，宜乎足以名世」。安石七絕，在宋人中確實算得上數一數二，劉氏這樣說，也等於提高了韓詩七絕的地位。

下面抄錄韓、王七絕各一首：

五月榴花照眼明，枝間時見子初成。可憐此地無車馬，顛倒青苔落絳英。

《榴花》

春歸幽谷始成叢，地面芬敷淺淺紅。車馬不臨誰見賞，可憐亦解度春風。

《石竹花》

註釋

1 縣君，婦女封號。唐代以五品官的母、妻為縣君。舊小說中稱人為院君，即縣君之訛。宋徽宗以後，廢郡君、縣君之稱，改為夫人、淑人。

韓張交誼

張籍，字文昌。貞元十五年（七九九）北遊時經孟郊介紹，在汴州認識韓愈。韓愈為汴州進士考官，推薦張籍。次年在長安進士及第，任秘書郎。韓愈為國子祭酒（相當於今日教育總監），薦張籍為國子博士（教授官）。在韓門弟子中，他是著名的一個，兩人因而常有詩篇贈答。

韓愈的《病中贈張十八》為汴州初見時之作，從詩中看，張籍的性格很倔強伉直，談話時曾有爭辯，韓詩比之為兩軍角逐，最後為韓愈制服，就像孫臏在馬陵樹下之敗龐涓一樣。次年又作《此日足可惜一首贈張籍》的五言長詩。當時韓愈在徐州，一聽到張籍入城，便以車去迎接，相見之餘，常常從早談到深夜。這時孟郊在會稽，李翺遊浙江，張籍到來，自然使韓愈很高興。等到張籍要回故鄉，更為戀戀不捨，即以第一句的「此日足可惜」為篇名，末段說：「淮之水舒舒，楚山直叢叢。子又捨我去，我懷焉所窮？」張籍的故鄉是和州，即今安徽和縣，所以有淮水楚山的話；但這兩句原是對句，為甚麼不說「淮水徐舒舒」而偏要寫成「淮之水」？這是因為故意要避開屬對，使文句古健。

還有一首五古，篇名叫《贈張籍》，內容卻是稱譽他兒子韓昶（即韓符）自小聰明好學，因為張籍教過韓昶書，並對韓愈祝賀說：「此是萬金產。」所以韓愈非常得意，在詩中表現了「譽兒癖」。他還有一首《符讀書城南》，後人頗有譏評，說是教子取富貴，黃震《黃氏日鈔》卷五十九說：「世多譏其以富貴誘子，是固然矣。然亦人情誘小兒之常，愈於後世之飾偽者。」說得很平實。所謂富貴，無非做官發財，果真通過讀書取得，還是心安理得，不至臉紅。韓愈一向以道統為己任，後人又將他看得高不可攀。樹大招風，於是對他的衡量，就用特別巨大的尺子。

韓愈上距李杜百餘年，當時人們對李杜詩評價不一，有的還加以貶抑，韓愈頗為不平，在《調張籍》中開頭便說：「李杜文章在，光焰萬丈長。不知群兒愚，那用故謗傷。蚍蜉撼大樹，可笑不自量。」李杜並稱，自韓愈始。末段說：他希望能長上翅膀，遠逐八方，和前輩的李杜精誠相通，使千奇百怪的詩境進入心腸，並希望還在地上的友人，不要為經營俗務而忙碌，也應該飛上垂着霞珮的高空，和他一同翱翔上下，追求李杜的精神。題目的「調」為調侃，含有開玩笑的意思，因為詩中有許多想入非非的構思，所以用「調」字，這又見得韓愈對張籍的期望。

韓愈以古風著稱，但七絕也常有佳作，如《早春呈水部張十八員外》：

天街小雨潤如酥，草色遙看近卻無。最是一年春好處，絕勝煙柳滿皇都。

此詩之魂在第二句，透示了北方的早春草色，但第一句也非泛筆，正見得小雨潤物之功。蘇軾《贈劉景文》：「荷盡已無擎雨蓋，菊殘猶有傲霜枝。一年好景君須記，正是橙黃橘綠時。」這是寫深秋或初冬。二詩的詞語雖不同，而皆以淺語遙情曲盡時令的特徵。

張籍也有好幾首詩贈韓愈，其中有的寫遊蹤，如《同韓侍御南溪夜賞》：「喜作閒人得出城，南溪兩月逐君行。忽聞新命須歸去，一夜船中語到明。」南溪（在長安）之遊，也是兩人友誼中最值得懷念的。因為韓愈將受新命而離去，所以兩人在船中一直談到天明。其他幾首，對韓愈也很推崇。韓愈逝世後，又寫了五言的《祭退之》詩，長達八九百字，記敘了他和韓愈的交往始末，「公文為時師，我亦有微聲，而後之學者，或號為韓張」，似亦微露得意之狀。末段說，韓愈病重時，對來訪的客人都謝絕，唯有張籍，可以直入臥室，並將「遺約」要張籍署名，即以身後之事相託。

然而交誼的深摯，並不等於學術思想上的完全一致，這裏可舉對《毛穎傳》的看法為例。

韓愈的《毛穎傳》是一篇「設幻為文」的寓言，內容諷刺當時的當權者，後人多所稱譽，李肇《國史補》稱為「真良史材也」。可是反對他的人也有，裴度和韓愈是很友好的，他就深為不滿。《舊唐書·韓愈傳》，則斥為「此文章之甚紕繆（謬）者」。張籍還寫信給韓愈，勸韓愈不要寫「駁雜無實之説」，「絕博塞之好」，因為這些文章有損於「令德」。信中主要指《毛穎傳》。韓愈寫了兩封信回答他，説從前孔夫子也是不廢遊戲的，《詩經》中不是説「善戲謔兮，不為虐兮」麼？《禮記》也説「張而不弛，文武不能也」，這對「道」有甚麼損害呢？

《毛穎傳》是一篇遊戲之作，寫作態度卻很嚴肅，主旨在諷世，張籍太認真了，以為像韓愈那樣以道統自居的大文豪，不應寫作以兔子為主人的遊戲文章，但張籍《節婦吟》中的「還君明珠雙淚垂，恨不相逢未嫁時」的那個節婦，竟是他自己的化身，豈非更可譏為妾婦之道麼？

韓愈是張籍所極度尊敬佩服的人，對尊敬佩服的人的言行，能夠坦率地提出自己的不滿之詞，在這一點上，張籍還是對的。

和張籍相反的是柳宗元，當時他在謫逐之中，和中原隔絕已久，有人告訴他韓愈寫了《毛穎傳》，卻無法見到原文，只是大笑以為怪。後來楊誨之拿了《毛穎傳》來，他讀了之後，感到像捕龍蛇、搏虎豹那樣痛快。他覺得俳（遊戲）本非聖人所鄙棄，太史公就寫過《滑稽列傳》，對社會就很有好處，也引了「善戲謔兮，不為虐兮」兩句話。末了對「貪常嗜瑣者」的反對《毛穎傳》，譏為是徒勞之事（《讀韓愈所著毛穎傳後題》）。

宗元所以欣賞此文，是因為此文之奇與怪，借此「以發其鬱積」。這固然和他身處窮途的心境有關，但從識見上說，確也高出於張籍，大家不妨將《毛穎傳》讀一讀，單從它的表現手法看，對現代寫作者也是很有借鑒價值的。

國王茅屋與公主山莊

韓愈的七絕，共有七十五首，藝術上的成就，在中唐詩人中，也是屈指可數的，不僅僅如著名的「天街小雨潤如酥」那一首，其中也有幾首詠史的作品：

丘墳滿目衣冠盡，城闕連雲草樹荒。猶有國人懷舊德，一間茅屋祭昭王。

《題楚昭王廟》

這首詩是他過宜城縣時所作，宜城今屬湖北，春秋時為楚地。楚昭王是平王兒子[1]，吳王闔閭、伍子胥等攻入楚國郢都（今湖北江陵西北），昭王出亡，後又復國歸郢。

宜城太山下有個廟宇，到了漢末，官員文士數十人，朱軒華蓋，相會於廟下，號為冠蓋里（見《水經注》卷二十八）。可見宜城一度是人文盛地。

楚昭王的廟，另據韓愈《記宜城驛》所記：舊時高木萬株，歷代不敢剪伐，尤多古松大竹，所以原來的廟貌非常宏盛，這時只剩下一間茅屋。韓愈問過附近的人，說是每年十月，民眾相率聚祭其前。廟後的小城，大概是昭王所居[2]。

這首詩和杜甫、李商隱的詠諸葛亮、隋煬帝不同，韓詩只是旅途中信筆寫來，涉及具體史事的不多。前人卻多有好評，宋劉辰翁說：「若公絕句，正在《昭王廟》一首，盡壓晚唐。」說得偏高些，卻說明此詩對後人的影響。清代的何焯與辰翁有同感：「意味深長，昌黎絕句中第一。」朱彝尊說：「若草草然，卻有風致，全在『一間茅屋』四字上。」給他說在點子上了。楊慎《升庵詩話》卷十四卻不同意：「今觀其詩只平平，豈能冠唐人萬首？而高棅《唐詩品匯》取其說，甚矣世人之有耳而無目也。」

楊氏說是「平平」也是事實，可是詩味就在「平平」上，尤其在「一間茅屋」上。平王是無道之君，昭王也非了不起的英明之主，但他能復國回郢，百姓還是尊敬他。這一間茅屋，當然不是他死後就建造，也許是在唐代草草安置，這裏就留給人以無窮的歷史的沉思。

我們從《左傳》、《史記》記載的楚國事跡看，不管寫得怎樣生動詳盡，總究是紙面上的，宜城的一間茅屋，儘管非當時楚國人民所建，然而城闕連雲，草樹荒蕪，斜陽古道，天末風來，屋頂上的茅草卻在空中飄蕩，於是想起昭王的出亡與復國的故事，詩人的心中便湧現出詩化的時間，用似很不經意的平平筆調寫出。

到了後來，茅草逐漸稀少零落，屋子也坍倒了，歷史的回聲仍在向後人震盪。我們生活着的時間裏，每一個小時、每一分鐘都和我們祖先生活過的時間密切相關。時間是無法征服的，詩人卻使已逝的流光重現於一剎那間，雖然這力量很有限很可憐。

還有一首《遊太平公主山莊》：

公主當年欲佔春，故將台榭壓城闉。欲知前面花多少，直到南山不屬人。

太平公主是武則天女兒，起先嫁給薛紹。薛紹被誣告殺死，武則天又私殺武攸暨之妻以配公主。攸暨是則天伯父的兒子。太平公主長得豐腴修長，方額闊腮，頗有權謀，武則天以為很像她自己，特別喜愛。張易之和韋后之被殺，她都先後參加，立下大功，因而驕縱專橫，又和胡僧惠範私通。田園遍及長安近區一帶，穿綾羅的侍兒多至幾百人，生活享受同於宮廷。唐明皇為太子時，因為英武能幹，使她害怕，便陰謀殺害太子，後被太子知道，先將其黨羽竇懷貞等殺死，公主逃入南山，最後被賜死（強迫自殺）。

沈佺期《陪幸太平公主南莊詩》：「主第山門起灞川」，灞川出藍田南山，和韓詩末句合看，可見山莊面積的深廣。首句的「欲佔春」，即是説一路上的春色都被佔盡了，連長安城門外層都為山莊壓住。第三句故作疑問，實際是説山莊之花一直開到終南山。「不屬人」是倒敍，即當時全屬於公主。

全詩至此戛然而止，用的也是淡墨，作者自己不作是非上的判斷，而對是非的態度不説自明。

太平公主的山莊，後來轉賜給寧王、申王、岐王、薛王了，女主人改換為男主人，換來換去，還是李家的人，反正整個的天下原是李家的。

這裏還想再抄兩首詩：

主家山第接雲開，天子春遊動地來。羽騎參差花外轉，霓旌搖曳日邊回。
還將石溜調琴曲，更取峰霞入酒杯。鑾輅已辭烏鵲渚，簫聲猶繞鳳凰台。

李嶠《奉和初春幸太平公主南莊應制》

沁園佳麗奪蓬瀛，翠壁紅泉繞上京。二聖忽從鸞殿幸，雙仙正下鳳樓迎。花含步輦空間出，樹雜幃宮畫裏行。無路乘槎窺漢津，徒知訪卜就君平。

邵昇《奉和初春幸太平公主南莊應制》

這兩首詩，是太平公主勢盛時皇帝到她山莊命詞臣唱和而作，所以題目中有「幸」字。詞藻華麗，對仗工致，作者卻以皇家清客的身份而陪侍。其他人寫的還有，不必抄了，反正一百篇都是一個模樣的。如果韓愈也有幸而參加，他也只好寫這種只許媚頌、不許感慨的作品。

註釋

1 楚國在公侯伯子男五等爵中是子爵，但古代等級分別不很嚴格，所以楚、吳等國君主也自稱王。

2 楚王城遺址位於今宜城偏東約十五里的岡陵地上，為土築。一九七七年曾發現其遺址。

濃淡相交的《山石》

《山石》是韓愈一首膾炙人口的傑作，胡適《白話文學史》譏韓詩走上了魔道，對於《山石》，卻稱為「這真是韓詩的上乘」。

山石犖確行徑微，黃昏到寺蝙蝠飛。升堂坐階新雨足，芭蕉葉大梔子肥。僧言古壁佛畫好，以火來照所見稀。鋪床拂席置羹飯，疏糲亦足飽我飢。夜深靜臥百蟲絕，清月出嶺光入扉。天明獨去無道路，出入高下窮煙霏。山紅澗碧紛爛漫，時見松櫪皆十圍。當流赤足蹋澗石，水聲激激風吹衣。人生如此自可樂，豈必局束為人鞿。嗟哉吾黨二三子，安得至老不更歸？

這首名篇究竟在甚麼地方寫的？後人說法不一，有說在嶺南作的，有說在徐州作的，清方世舉《韓昌黎詩集編年箋注》，引韓文外集《洛北惠林寺題名》：「韓愈、李景興、侯喜、尉遲汾貞元十七年七月二十二日，魚（釣魚）於溫洛，宿此而歸」數語，以為即這時所作，又引韓愈《贈侯喜》中的「晡時堅坐到黃昏」和《山石》的「黃昏到寺蝙蝠飛」，說是「正一時事景物」，實太牽強。晡時指下午，這句是說為釣魚而從下午坐到黃昏，《山石》是說他到僧寺時已是黃昏，他住宿的又是荒僻的寺院，只有粗糙的羹飯，和有溫水而可以題名的洛北惠林寺不同。詩中全是寫他單獨行動，沒有第二人，果真有侯喜等在內，詩中不會不提到釣魚事。至於末了的「嗟哉吾黨二三子」，原是泛指，並不包括在場的人，《論語·述而》記孔子之言：「二三子以我為隱乎」，也泛指他的門徒們。總之，這首詩寫作地點待考，但並不妨礙我們的欣賞。

題目的《山石》，只是借全詩的首二字，內容和山石無關，《詩經》中已有先例。

詩人穿過山石險峻、走道狹窄的山徑，到寺院時已是黃昏。蝙蝠是能飛之獸，現在的大城市中不大見得到了，筆者所見的蝙蝠，就在寺院中。自壯至老，即不再相逢。詩中如用「暮鴉飛」之類便不能突現山寺的黃昏，然而又非虛筆，也是可遇而不可求。

「新雨足」寫雨下得透，和下句「芭蕉葉大梔子肥」正有因果關係。四五兩句其實寫山寺中沒有甚麼特別的文物，僧人只好向他誇讚壁上的古畫，隨即用火照看，由於古畫的粉墨剝蝕，火光又很暗弱，所以看上去稀疏模糊，隱寓失望的心情。羹飯疏糲，正見得是荒僻的小寺院，觀下文的百蟲絕，月入扉，其地之清幽靜寂可以想見。

第二天一早，詩人獨自探勝。「獨去」是說沒有僧人陪伴。因為煙霧迷濛，道路都被遮沒，也與「新雨足」相照應。山紅澗碧，松櫪十圍，暗示煙霧已去。當流赤足，水聲激激，則又是新雨後澗水盈急的景象。詩中沒有明說季節，但人們已經可以推測是在夏天。詩人活動的時間只是第一天的黃昏到第二天的清晨，接觸的空間卻很廣闊。這樣的僧寺和景物，在舊時中國到處可見，真是要你住宿，未必感到興趣，但讀了韓愈這詩後，也許會使你神往，光是在陰暗的佛殿或山門中，瞥見蝙蝠在樑柱間卟嚓卟嚓地打着旋子，你先會嚇了一跳，等到定下心來，就會對這種獸中之鳥發生興趣。

此詩一韻到底，都用單句，不用偶句。直書所見，無意求工，全以勁筆撐空而出，一句一個境界，一個畫面，「天明」六句，就像一幅早行圖。後人對《山石》都給予很高評價，方東樹《昭昧詹言》說：「只是一篇遊記，而敍寫簡妙，猶是古文手筆。他人數語方能明者，此須一句，即全現出，而句法復如有餘地，此為筆力。」方氏《儀衛軒詩集》卷一還有一首《遊六榕寺擬退之山石》七古，可見《山石》對後人影響的深遠。

查晚晴云：「屢經荒山古寺來，讀此始愧未曾道着隻字，已被東坡翁攫之而趨矣。」這是指蘇軾的一首七古（附後）。蘇軾另有一首《王晉卿所藏着色山二首》，其第二首云：「犖確何人似退之，意行無路欲從誰？霧雲解駁晨光漏，獨見山紅澗碧時。」山水畫有着色與不着色的，蘇軾因王晉卿（王詵）所藏的「着色山」畫幅想到韓愈的《山石》，意思是韓愈的山紅澗碧之句，也可看作着色之詩。汪佑南《山涇草堂詩話》，曾說韓詩寫景處句多濃麗，寫感懷則以淡語出之。

蘇門四學士之一的秦觀，寫過一首《春日》，末二句云：「有情芍藥含春淚，無力薔薇臥曉枝。」金代元好問《論詩三十首》評此兩句說：「拈出退之《山石》句，始知渠是女郎詩。」秦詩固然纖柔，但各個詩人的風格原有剛柔不同的特點，元氏以「芭蕉葉大梔子肥」句來比，就說是女郎詩，也不見得恰當。陳衍《宋詩精華錄》云：「遺山譏有情二語為女郎詩。詩者勞人思婦公共之言，豈能有《雅》、《頌》而無《國風》，絕不許女郎作詩耶？」陳氏末語，也不符合元好問原意，因為元詩之意，並非不許女郎作詩。

秦觀對韓愈倒是很崇拜的，他在《韓愈論》中曾把杜甫詩、韓愈文並提，「亦集詩文之大成者歟」。他還寫過《秋興擬韓退之》：「逍遙北窗下，百事遠客慮。無端葉間蟬，催促時節去。愁起如亂絲，縈纏不知緒。日月豈得已，還復役朝暮。人生均有得，悲嘆我不悟。春秋自天時，感憤亦真趣。」模擬之作，本難工整，但也已非女郎詩了。

蘇軾曾作《二月十六日，與張李二君遊南溪，醉後相與解衣濯足，因詠韓公《山石》之篇，慨然知其所以樂而忘其在數百年之外也，次其韻》：

終南太白橫翠微，自我不見心南飛。行穿古縣並山麓，野水清滑溪魚肥。須臾渡溪踏亂石，山光漸近行人稀。窮探愈好去愈鋭，意未滿足枵如飢。忽聞奔泉響巨碓，隱隱百步搖窗扉。跳波濺沫不可向，散為白霧紛霏霏。醉中相與棄拘束，顧勸二子解帶圍。褰裳試入插兩足，飛浪激起沖人衣。君看麋鹿隱豐草，豈羨玉勒黃金鞿？人生何以易此樂，天下誰肯從我歸？

謝自然的疑案

西漢淮南王劉安（劉邦的孫子）好道術，信神仙，得道後舉家升天，牲畜皆仙，犬吠於天上，雞鳴於雲中，後人便有白日升天的傳説。可是劉安其實是因被人告發謀反而下獄自殺的。王充《論衡．道虛篇》對升天事曾有糾辨。

韓愈的《謝自然詩》中，那個白日升天的主角卻是家境貧困的少女，她的內幕尤其奧妙：

果州南充縣，寒女謝自然。童騃無所識，但聞有神仙。輕生學其術，乃在金泉山。繁華榮慕絕，父母慈愛捐。凝心感魑魅，慌惚難具言。一朝坐空室，雲霧生其間。如聆笙竽韻，來自冥冥天。白日變幽晦，蕭蕭風景寒。檐楹暫明滅，五色光屬聯。觀者徒傾駭，躑躅詎敢前？須臾自輕舉，飄若風中煙。茫茫八紘大，影響無由緣。里胥上其事，郡守驚且嘆。驅車領官吏，

旼俗爭相先。入門無所見，冠屨同蜕蟬。皆云神仙事，灼灼信可傳。（下略）

詩的大意說，四川南充縣有個貧女謝自然，天真無知，卻相信神仙，於是斷絕繁華，離棄父母，入山修道。她的虔誠不為神仙感動卻為魔鬼傾心，神思恍惚難以具體説明。有一天她坐在空房中，忽然雲霧下降，冥冥中又聽到仙樂之聲。頓時白日幽晦，寒風四起，檐楹之間忽明忽暗，掠過五色之光。觀眾大為驚駭，嚇得不敢向前。一剎那間，那女子拔地而起，飄然如風中之煙。八紘（大地的極限）茫茫，她的影子和聲音都無法捉摸。地保忙把這事向官府呈報，郡守聞而驚嘆，驅車到來觀察，當地百姓爭先恐後紛紛往觀。進門後一無所見，連她的衣帽鞋子也見不到。這一來，全城哄動，都說這是千真萬確的成仙事件。

接下來是韓愈抨擊求仙的議論，還責備始作俑者是秦皇、漢武，流毒延續到後代而不可收拾。全詩前半段是敍事，後半段是議論，所以程學恂以為「有韻之文」。

韓愈是排斥佛道的，但他是站在儒家立場，以佛道為異端，特別是對佛教，更斥為夷狄之教。韓愈自己原也有宗教，文武周孔便是他的四大偶像，他進入文廟，見了孔子牌位，就會下跪；所以，他不是一個無神論者，相反，他相信世上確有妖魔鬼怪，詩中說：「木石生怪變，狐狸騁妖患」，他認為都是可能的。謝自然已「飄若風中煙」，他就以為是幽明雜亂，人鬼相殘，被妖怪攝去了性命，因而為她的「孤魂抱深冤」而痛惜。宋人葛立方《韻語陽秋》卷十二：「韓退之集載《謝自然詩》曰：『須臾自輕舉，飄若風中煙。』人多以為上升，而不知自然為魅所着也。故其末云：『噫乎彼寒女，永託異物群。』」葛立方也是這樣看待。清人如李光地《榕村詩選》、王懋竑《讀書記疑》以為韓詩是在說仙道猶鬼道，當時舉世皆相信謝自然是仙去，韓愈卻以為「木石生怪變，狐狸騁妖患」，便是韓愈的卓識。即是說，仙道是不可信的，妖魔卻是存在的，謝自然是中魔着邪了。

不信仙道而信鬼道，這樣的邏輯，今天的讀者能夠信服麼？如果不信服，那又如何解釋謝自然白日升天的疑案？

揭開這一秘密的是明楊慎《升庵詩話》卷十四：

> 謝自然女仙白日飛升，當時盛傳其事至長安。韓昌黎作《謝自然詩》，紀其跡甚著，蓋亦得於傳聞也。予近見唐詩人《劉商集》有《謝自然卻還

舊居》一詩云：「仙侶招邀自有期，九天升降五雲隨。不知辭罷虛皇日，更向人間住幾時？」觀此詩，其事可知矣。蓋謝氏為妖道士所惑，以幻術貿遷他所而淫之，久而厭居，又反舊居。觀商詩中「仙侶招邀」，意在言外。惜乎昌黎不聞也。然則世之所謂女仙者，皆此類耳。

這段話倒很有見識，也見得楊氏的讀書有得。文中的「虛皇」，指道教太虛之神，「卻還」為回到之意，但楊氏仍相信妖道士有幻術。

劉商是代宗大歷時人，時代略早於韓愈。韓愈對謝自然的故事只是聽說，劉商也未必見到過謝氏本人，但「卻還舊居」的事情必是事實。據韓詩說，「童騃無所識」，似乎還是一個天真的幼女，據《集仙錄》，謝氏的年齡是十四歲。劉商本人是相信道術的，《唐才子傳》說他「好神仙，煉金骨」，也許他認為這是道門中的醜事，敗壞仙道聲譽，所以作詩諷刺，詩卻寫得委婉而微妙。

唐代女道士的風流故事，是大家所熟知的，李商隱和女道士的關係，就是著名的例子。《醒世恆言》中有一篇《勘皮靴單證二郎神》，寫宋徽宗的後宮韓夫人到二郎神廟進香，有感於神的美貌，便禱告來生嫁個二郎神那樣的丈夫。那一夜，她燒夜香時，二郎神果然出現於她面前。後來幾乎天天都到她房裏。最後，這秘密被揭穿了，所謂二郎神，卻是孫廟官假冒的。

這個故事，也可和謝自然故事相參閱。

皮裏陽秋的《華山女》

1

《華山女》和《謝自然詩》是姊妹篇。沈德潛《唐詩別裁集》說：「《謝自然詩》顯斥之，《華山女》詩微刺之。總見神仙之說惑人也。」讓我們看看華山女究竟是甚麼樣角色：

街東街西講佛經，撞鐘吹螺鬧宮廷。廣張罪福資誘脅，聽眾狎恰排浮
萍。黃衣道士亦講說，座下寥落如明星。華山女兒家奉道，欲驅異教歸仙
靈。洗妝拭面着黃帔，白咽紅頰長眉青。遂來升座演真訣，觀門不許人開
扃。不知誰人暗相報，訇然振動如雷霆。掃除眾寺人跡絕，驊騮塞路連輜
軿。觀中人滿坐觀外，後至無地無由聽。抽釵脫釧解環佩，堆金疊玉光青
熒。天門貴人傳詔召，六宮願識師顏形。玉皇頷首許歸去，乘龍駕鶴來青
冥。豪家少年豈知道？來繞百匝腳不停。雲窗霧閣事恍惚，重重翠幔深金

屏。仙梯難攀俗緣重，浪憑青鳥通丁寧。

全詩一韻到底，和《謝自然詩》比起來，《華山女》的形象多於議論。其中有的情節，卻需要揣摩。

唐代的長安城本來十分熱鬧，而佛道兩教的盛行，和尚、道士的活躍，又使這座帝城到處傳來說經之聲，撞鐘吹螺鬧嚷嚷地深入宮廷。詩人先在次句中標出「宮廷」，然後再說民間，隱寓上行下效之意。僧人說法，必以禍福脅誘，下民無知，聞而密接聚會，如同浮萍推排。黃衣道士也想借此炫耀，聽道的人卻寥若晨星。這一句是寫道教勢力不及佛教，也是為了逗引下面主角的出場。

有一個來自華山的女道士，為了驅除佛教，於梳妝之後來到道觀。她長得頸白頰紅，眉毛畫得長而黑，其人之妖冶可見。她升座後，不許道觀大門敞開、閒人進入。這樣，外界便無從知道道觀內部的活動了。

不曉得是誰暗中洩露了消息，頓時像響雷一樣轟動了全城，把僧寺中聽經的人都轉移過來，男的乘馬，女的坐車，整座道觀內外擠得水洩不通，後來的人已無隙地，一些婦女紛紛解下金玉首飾相贈送。前面原說聽黃衣道士講道的人很少，來了個華山女，賣座率就爆滿了。

這消息又被玉皇得知，便由宮監詔傳進宮，說是宮中后妃都想見見她的風采。她在宮中住了幾天後，玉皇才允許她回去，於是乘龍駕鶴由天上重返人間。玉皇指宮中的皇帝，青冥指深宮。因為事涉至尊，所以故意寫得似幻似真，似仙似人。一些豪門中的子弟，平時本來不曉得修道不修道，這時卻像熱鍋上螞蟻，向華山女百般纏繞，絡繹不絕。華山女卻處於雲窗霧閣之中，把翠幔金屏重重遮蔽，只教人恍恍惚惚，難以窺測。

最後兩句，倒真使人感到恍惚：從字面看，是說那些豪門子弟因仙俗懸殊，無法接近華山女，所以白白地枉通消息，空致殷勤，實際是要讀者從夾縫裏看。如果華山女真是不許那些豪門子弟入幕，則「雲窗霧閣事恍惚，重重翠幔深金屏」兩句，何必寫得那麼神秘詭異？前人已經看出這種皮裏陽秋的筆法，朱彝尊便說：「女道士乃作柔情語，然風致全在此。」朱熹《韓文考異》說：「或怪公排斥佛老不遺餘力，而於《華山女》獨假借（寬容）如此。非也。此正譏其衒姿色，假仙靈以惑眾。又譏時君不察，使失行婦人得入宮禁耳。觀其卒章，豪家少年、雲窗霧閣、翠幔金屏、青鳥丁寧等語，褻慢甚失，豈真以神仙處之哉？」說得極為警闢。王元啟也以「雲窗」以下「皆褻慢語」。

唐代女道士的浪漫生活，原很普遍，有的還能作詩，著名的有李冶與魚玄機，詩中常抒發艷情，魚玄機就寫過「易求無價寶，難得有情郎」之詩。韓愈深惡佛道，人又好奇，寫入詩篇，自必加上一些虛構和渲染。從文學的眼光看，這首詩寫得很出色，既濃艷又飄忽，彷彿地上的洛神，從深宮的帝王到豪門的子弟，都為這個華山女而傾倒，而又以偏鋒虛筆加強傳奇的色彩。

我們看了全詩，就會引起一連串的疑問和遐想：華山女既然是世代奉道，志在驅除異教，那應該將她寫得莊嚴矜持，卻偏要寫她「白咽紅頰長眉青」。升座講道，應該敞開大門，卻偏要緊關。在道觀內傳道，本是光明正大的事情，詩中卻說「不知誰人暗相報」。消息傳開後，來的卻是人山人海，難道真因為她道行高深？「抽釵脱釧解環佩」，是聽眾中婦女送的，難道沒有男子送的？而且女道士何必受人的金玉首飾？下詔召喚，說是后妃要見華山女的容顏，出宮離去，卻須經過玉皇的頷首許可。「仙梯難攀俗緣重」，正見得這種仙緣比俗緣還污濁。「浪憑青鳥通丁寧」，其實早已暗通丁寧了。查慎行評韓詩末二句云：「二句與杜老《麗人行》結處意同，而此更較含吐蘊藉。」杜甫《麗人行》的末二句為「炙手可熱勢絕倫，慎莫近前丞相嗔」，這是寫楊國忠未到曲江時，別人還能看到虢國夫人，等到楊國忠一到，別人因恐遭國忠的惱怒，就不敢走近虢國夫人。杜詩還是正面寫來，韓詩則用欲蓋彌彰法，所以說「更較含吐蘊藉」。浦起龍《讀杜心解》評《麗人行》說：「無一刺譏語，描摹處語語刺譏。無一慨嘆聲，點逗處聲聲慨嘆。」因而發揮了諷刺藝術的最大效果。這首《華山女》也是這樣。從頭到尾，不見譴責呵斥之詞，所以有人要說韓公對華山女有「假借」意，但我們讀完全詩，這個華山女是何等樣人，當時的社會風氣是甚麼樣子，不就歷歷在目，而有皮裏陽秋之妙麼？

註釋

1 皮裏陽秋，實即皮裏《春秋》，因晉代鄭太后名春，晉人諱「春」字，遂改「春」為「陽」。

幸運的木居士

上海老城永泰街口，原三官堂祠廟前有銀杏一株，樹已偏枯，半邊倚壁突起而粗逾二抱，高六七丈。每年自春至秋，濃蔭翠蓋，如巨傘中天，背面卻枵然中空，從前兒童們捉迷藏，便潛身其中，最奇怪的是，這樹身竟隱約如人形，故老們還指點着說，那地方是口耳，那地方是雙乳。據有關方面考察，當是南宋時代遺木，至今也已七八百年，當地人稱之為「怪樹」，卻不曾顯出甚麼「特異功能」。直到三四年前，忽傳怪樹顯聖，葉汁可治百病，一時紅男綠女，焚香頂禮，把一條小小的永泰街，鬧得日夜不太平，以至治安人員不得不出面干預，仍是禁而不絕。

木居士的宗族可謂淵遠流長，史書上叫作「木怪」。《漢書·五行志》第七：「哀帝建平三年十月，汝南西平遂陽鄉，柱僕地，生支（肢）如人形，身青黃色，面白，頭有髭，髮稍長大，凡長六寸一分。」樹木尚有生命，柱子已經過砍削，應無生氣，卻如生人，這就奇上加奇。古人忌諱奇異，所以看作是王德衰落的象徵。其實大自然中像人的景物多得很，豈非王德永遠在衰落了麼？

唐大歷時盧綸經過山西中條山的伯夷、叔齊廟，曾經作了一首七絕：

中條山下黃礓石，壘作夷齊廟裏神。落葉滿階塵滿座，不知澆酒為何人？

傳說伯夷、叔齊因不食周粟餓死於首陽山，後人因敬仰他們節義，立廟奉祀。年代一久，泥像毀壞，鄉人其實未必知道夷、齊的事跡，但因為廟中不可無神，塑像又很麻煩，只得搬了黃礓石來做替身。故人常以木石比喻無知之物，卻又往往將它們神化。

韓愈在《謝自然詩》中說：「木石生怪變，狐狸騁妖患。」似乎他是相信木石野獸會變作妖精作祟，但他在《題木居士二首》中，卻有這樣的話：

火透波穿不計春，根如頭面幹如身。偶然題作木居士，便有無窮求福人。

為神詎比溝中斷，遇賞還同爨下餘。朽蠹不勝刀鋸力，匠人雖巧欲何如？

貞元二十一年（八零五），韓愈自廣東陽山貶所，遇赦量移湖北江陵，途經湖南耒陽江口時，過木居士廟而作此詩。

第二首的頭兩句，用了兩個典故，一是《莊子．天地》：百年的樹木，破開做成祭神的酒器，用青黃色來修飾，砍斷不用的拋在溝中。祭神的酒器比起在溝中的斷木來，兩者自有美醜之分，但在喪失本性上是一樣的。韓詩用這一典故，意為同樣出身於木頭，木居士卻成為受人供奉之神，就與溝中斷木不可同日而語了。二是後漢蔡邕在吳，吳人有燒桐木作柴火的，蔡邕聞火烈之聲，知其為良木，便要求裁為琴，而其尾猶焦，世稱焦尾琴。這是比喻某些人之被賞識，是很僥倖的。末兩句意為：拆穿了說，木居士其實是廢物，即使有靈巧的木匠也不能取材。

這兩首詩，前人以為譏刺王叔文、王伾的弄權，是否如此，尚有疑問。但也不僅僅諷刺一些向木偶求福的愚夫愚婦。黃徹《䂬溪詩話》卷二：「退之云：『偶然題作木居士，便有無窮求福人。』可謂切中時弊。凡世之趨附權勢，以圖身利者，豈問其人賢否，果能為國為民哉？及其敗也，相推入禍門而已。聾俗無知，諂祭非鬼，無異也。」這倒說得很得要領。「為神詎比溝中斷，遇賞還同爨下餘」，即指那些時來運轉、僥倖暴發的新貴。從藝術上說，也是韓愈七絕中痛快明暢、音節勁爽之作。

北宋時張舜民南遷湖南郴州，中途見到木居士，便題了一首七律：

波穿火透本無奇，初見潮州刺史詩。當日老翁終不免，後來居士亦奚為？
山中雷雨誰宜主？水底蛟龍睡不知。若使天年俱自遂，如今已復長孫枝。

詩前有一小序：「耒陽縣北沿流二三十里鰲口寺，即退之所題木居士在焉。元豐初，縣令禱旱無雨，析而薪之。今所事者，乃寺僧刻而更為之。予過而感焉。」使我們感興趣的是這位縣令：他本來相信木居士會顯神通的，但因祈禱無靈，便把它當柴燒了，真如俗語說的「有事有神，無事無神」，可是僧人卻捨不得木居士，仍然要刻一座來供養，不過已是冒牌或副牌的木居士了。

張詩中所謂的「當日老翁」指原始的木居士，五六兩句是照應第一句的「波穿火透」，意思是：老樹經波穿火（雷火）透本無甚奇怪，如今重新換了一位木居士，又有誰來主宰它呢？

張舜民字芸叟，因坐元祐黨禍而謫郴州，所以詩中也多牢騷情緒，他又有一首

《紈扇》：「紈扇本招風，曾將熱時用。秋來掛壁上，卻被風吹動。」這也是譏諷宦海風波的起伏：執政時弄權恃勢，呼風喚雨，失意時被擱在一邊，反受秋風的作弄。

一根木頭，本應受刀鋸之苦，由於年久朽蠹，不中巧匠之意，遂棄而不用，只因形狀像人，便贏得無數信徒的磕頭作揖，謫貶的詩人又為它賦詩吟詠，木居士也算得有運氣了。

聯句的源流

古人詩集中，常有以「聯句」為題目，韓愈集中就很多。這又是哪樣一種體裁，它的起源又怎樣呢？

漢武帝曾在京城北闕內築柏梁台，置酒台上，與群臣賦詩，每人一句，兩句用韻，後人稱之為柏梁體：

日月星辰和四時。（武帝）
驂駕駟馬從梁來。（梁王）
郡國士馬羽林材。（大司馬）
總領天下誠難治。（丞相）
和撫四夷不易哉。（大將軍）
刀筆之吏臣執之。（御史大夫）

撞鐘伐鼓聲中詩。（太常）
宗室廣大日益滋。（宗正）（下略）

每句詩內容，都要切合作者自己的身份、職責。但這首詩是否為漢武帝時作品，頗有疑問，從詩的修辭看，實很庸陋粗糙，不過，即使是後人依託，時代還是比較早的，也可看作聯句的起源。

從此便有了柏梁體的名稱，後世仿效的紛起，《唐詩紀事》記景龍二年（七零八）十一月十五日中宗五十歲誕辰，在內殿宴群臣時，也有聯句之作，下面摘錄一段：

潤色鴻業寄賢才。（中宗）
叨居右弼愧鹽梅。（李嶠）
運籌帷幄荷時來。（宗楚客）
職業圖籍濫蓬萊。（劉憲）
兩司謬忝謝鐘裴。（崔湜）
禮樂銓管效涓埃。（鄭愔）

陳師振旅清九垓。（趙彥昭）
忻承顧問侍天杯。（李适）

詩的內容也和柏梁詩一樣庸陋猥瑣，上下左右，皆無聯繫，只因主人是皇帝，群臣受寵之餘，自然份外小心謹慎，竭力以卑詞諂色討好聖心，有些人本非詩人，雖身居朝廷的高位，實同皇家的清客。

可是到了韓、孟之手，情趣功力便大不相同。韓愈和孟郊是好友，後世常以韓孟並稱，歐陽修所謂「韓孟於文詞，兩雄力相當」。在韓、孟聯句中，《鬥雞聯句》是著名的一首：

大雞昂然來，小雞竦而待。（愈）
崢嶸顛盛氣，洗刷凝鮮彩。（郊）
高行若矜豪，側睨如伺殆。（愈）
精光目相射，劍戟心獨在。（郊）
既取冠為冑，復以距為鐓。

天時得清寒，地利挾爽塏。（愈）

磔毛各噤瘁，怒癭爭碨磊。

俄膺忽爾低，植立瞥而改。（郊）

腷膊戰聲喧，繽翻落羽皠。

中休事未決，小挫勢益倍。（愈）

妒腸務生敵，賊性專相醢。

裂血失鳴聲，啄殷甚飢餒。（郊）

對起何急驚，隨旋誠巧紿。

毒手飽李陽，神槌困朱亥。（愈）

惻心我以仁，碎首爾何罪。

獨勝事有然，旁驚汗流浼。（郊）

知雄欣動顏，怯負愁看賄。

爭觀雲填道，助叫波翻海。（愈）（下略）

鬥雞的風俗，先秦時就已盛行。《左傳》昭公二十五年，記載着一件很有趣的故事：季氏和郈氏鬥雞，季氏給雞套上皮甲，郈氏給雞安上金屬爪子，結果季氏的雞鬥敗，季氏發怒了，在郈氏那裏擴展自己住宅，還責備郈家，兩家為此結成怨恨。《史記．魯周公世家》又說季氏搗芥子播其雞羽，這樣，雞張翅起，便將郈氏雞的眼睛蒙住了。

《戰國策》記齊國國都臨淄很繁榮富裕，民間便以鬥雞走狗為日常遊戲。唐明皇也很喜歡鬥雞，杜甫《鬥雞》故有「鬥雞初賜錦」語，楊國忠最初也以鬥雞供奉內廷而為進身之階。所以，韓、孟聯句中寫的，有些是親自目睹。

參戰的兩方是一大一小，昂然來、若矜豪，是寫大雞的倨傲自負，竦而待、如伺殆，是寫小雞的戒懼警備。目相射、心獨在，是由外形到內心：各露銳眼，窺伺動靜，互懷置敵於死地的狠毒之心。北齊李義深心胸險峭，被人稱為「劍戟森森李義深」。這句「劍戟心獨在」當是用此典。雞無盔甲和利器，卻有冠與爪。鐓是矛戟柄末端的銅套，借喻爪之銳利。「天時」兩句點明作戰在秋冬之間。「磔毛」四句，寫作戰前的緊張神情：毛羽豎起而噤不作聲，頸瘤膨脹得畸形，姿勢忽高忽低，捉摸不定，直立之後，一瞥之間，卻又改變。何焯《義門讀書記》說：「是兩雞空鬥未相搏時，俗所謂打拼腳。」

接來寫進入搏鬥，只見戰聲喧天，白羽落地，中間略作休息，而最後勝負尚未分明，一方雖受小挫而銳氣更加昂揚。總之各有忌心，滿懷敵意，不惜以性命相戕害，使對方成為肉醬才痛快。到了後來，一方已裂血失聲，一方欲啄其股（赤黑的血色）以充飢餓，於是又急驚而起，以相周旋，「巧給」意即游鬥。後趙李陽，性剛愎，曾和鄰居石勒撲打。戰國時大梁人朱亥，有勇力，曾以鐵椎殺魏將晉鄙。這裏比喻兩雞相鬥時的暴烈狠辣。以下是觀戰後的慨嘆，嘆雞之自相殘殺。從「知雄欣動顏，怯負愁看賄」兩句看，鬥雞主的勝利一方，固然眉開眼笑，洋洋得意，失敗的一方卻為要拿錢出來而愁苦，可見當時還具有賭博作用，就像現代的跑狗、跑馬一樣，只是狗、馬本身，不會因失利而喪命。

陳沆《詩比興箋》：「刺當時朋黨恩怨爭勢死利之徒，為權門之鷹犬，快報復於睚眥者。」韓孟原詩未必特為朋黨恩怨而作，但字裏行間，確有諷世之意，因人禽雖然殊途，而好鬥則易使人產生共通性的聯想。

朱彝尊云：「詠物小題，題外不增一字，而豪快動人，古今罕埒。起一段精神踴躍，使讀者即如赴雞場觀角伎，陡爾醒眼。」評得很中肯。小題大做，也須有才情者方能做得像個樣子。

從聯句到慰唁

孟郊，字東野，湖州武康（今浙江德清）人。早年貧困，到四十六歲才登進士第，唐人將他的詩風看作元和體的一種。韓愈對他很賞識尊重，現在還在流傳的「不平則鳴」這句成語，就是出在韓愈《送孟東野序》的開頭一句。

韓愈詩集中的聯句，除《石鼎》和《晚秋郾城夜會》兩首外，都是和孟郊搭檔的。這不僅由於兩人友誼的深厚，也因為詩風有相近處。韓愈在《薦士》中稱孟郊詩「橫空盤硬語，妥帖力排奡」，其實也是夫子自道。劉攽《中山詩話》：「東野與退之聯句詩，宏壯博麗，若出一手。王深父（王回）云：退之容有潤色也。」呂本中《童蒙詩訓》，記黃庭堅語：「退之安能潤色東野，若東野潤色退之，即有此理也。」朱翌《猗覺寮雜記》卷上，認為不但經過韓愈潤色，恐皆出韓手，並以《答孟郊》觀之，如「弱拒喜張臂，猛拏閒縮爪。見倒誰肯扶，從嗔我須咬」，便說：「則聯句皆退之作無疑也。」這不符事實，因為韓詩中只是泛論作文技巧，和聯句無關，而且此詩當作於貞元十四年，當時韓、孟還不曾有聯句的活動。

韓、孟聯句的方式，各篇不同，《鬥雞》是先為每人兩句，然後增為每人四句，也有每人首尾皆兩句，有一首《城南聯句》最為別致，也是他們獨創：

竹影金瑣碎。（郊）泉音玉淙琤。
瑠璃剪木葉。（愈）翡翠開園英。
流滑隨仄步。（郊）搜尋得深行。
遙岑出寸碧。（愈）遠目增雙明。
乾欉紛拄地。（郊）化蟲枯挶莖。

全詩一百五十四韻，三百零八字，每兩句都用對仗。此處只舉十句。

按照通常的慣例，起首二句是一個作者所作，即是以成雙開始。這首詩卻是孟郊先作一單句，韓愈作第二第三兩句，孟郊再作第四第五兩句，如此輪流下去，最後韓愈又以一單句結束。這叫跨句聯法。臨到第二人時，必須先對好第一句，然後再作第二聯上句，讓對方來對，即既要對別人，又要給別人來對，比起過去的成雙出句來，難度更大了。聯句並非始自韓、孟，但這種跨句聯卻是他們首創的。後來陸龜蒙、皮日休、嵩起的《報恩南池聯句》也用這種法式。

聯句都很冗長，內容上實在沒有多大意思，只能偶一為之，韓、孟雖皆高手，這些聯句，卻是雕蟲小技，但其中有一首《莎柵聯句》，卻值得一讀：

冰溪時咽絕，風櫟方軒舉。（愈）
此處不斷腸，定知無斷處。（郊）

這首詩是元和五年（八一零）冬作。莎柵為山谷名，冰溪指谷水。舊註說在河南永寧縣西，出莎嶺，東流入昌谷。

這首聯句，只有二十字，格調高古，語言凝練，不失為唐人絕句中的精緻之作。錢仲聯《韓昌黎詩繫年集釋》：「此當是東野失子時所為，故有斷腸之語。」這固然是推測，卻可備一說。

孟郊的《遊子吟》，是一首萬口傳誦的名篇，作詩時他自己年已五十，而猶惓惓於三春之暉，故將其母裴氏迎至溧上。不料至元和三年，他的三個兒子都在幾天內死去，時年五十八。他的《老恨》詩說：「無子抄文字，老吟多飄零。有時吐向床，枕席不解聽。」其晚景之淒涼可見。

孟郊失子後，曾作《悼幼子》一首：

> 一閉黃蒿門，不聞白日事。生氣散成風，枯骸化為地。負我十年恩，欠爾千行淚。灑之北原上，不待秋風至。

這個十歲的幼子，還不是他最小一個兒子。「負我十年恩，欠爾千行淚」，恩指撫育之恩，卻用了「負」字，即倍見沉痛。

又有《杏殤》九首，前有小序：「杏殤，花乳也。霜翦而落，因悲昔嬰，故作是詩。」這是以花苞遭霜殞落比喻嬰兒夭折。今錄三首：

> 凍手莫弄珠，弄珠珠易飛。驚霜莫翦春，翦春無光輝。零落小花乳，爛斑昔嬰衣。拾之不盈把，日暮空悲歸。

兒生月不明，兒死月始光。兒月兩相奪，兒命果不長。如何此英英，亦為弔蒼蒼。甘為墮地塵，不為末世芳。

哭此不成春，淚痕三四斑。失芳蝶既狂，失子老亦孱。且無生生力，自有死死顏。靈鳳不銜訢，誰為叩天關？

白居易也曾喪子，故有「天下何人不哭兒」語。世間一等文章，往往成就於骨肉至情上，因為是用涕淚寫成的。蘇軾不愛孟郊詩，主要因東坡愛痛快，對東野的愁苦辛寒之音不合他的性格，但他又承認孟郊「詩從肺腑出，出輒愁肺腑。有如黃河魚，出膏以自煮」。王建《哭孟東野》云：「老松臨死不生枝，東野先生早哭兒。但是洛陽城裏客，家傳一首《杏殤》詩。」可見他的《杏殤》詩感人之深廣。

葛立方《韻語陽秋》卷十：「孟東野連產三子，不數日皆失之。韓退之嘗有詩，假天命以寬其憂。三人者（另指白居易、元稹）皆人豪，而不能忘情如此，信知割愛為難也。」文中說的韓退之嘗有詩，即指《孟東野失子》：

失子將何尤，吾將尤上天。女（汝）實主下人，與奪一何偏？彼於女何有，乃令蕃且延。此獨何罪辜，生死旬日間？上呼無時聞，滴地淚到泉。地祇為之悲，瑟縮久不安。乃呼大靈龜，騎雲款天門。（下略）

數日之間，連喪三子，而且從此絕後，對孟郊自是極大的打擊。韓愈也知道普通慰唁之言，絕不能消除孟郊的愴痛，又因《杏殤》中有「靈鳳不銜訴，誰為叩天關」語，因而假借神話化的設想，驅使大靈龜往天上去責問，為甚麼對下民如此厚薄不均？上天說，天地人三者是不相關的，我只管日月星辰，如今連日月星辰也管不住了。接下來譬慰說：有子與無子，禍福利害皆未能作為依據，「有子且勿喜，無子固勿嘆」。大靈龜回來，闖進孟郊夢境，將上天之言再三告訴孟郊，意思是天命如此，孟郊也收悲為喜。

這樣的詩，如果寫給交情不深的人，就顯得孟浪冒失，人家或許會生氣，但韓、孟是「忘形交」，韓愈便有把握這樣寫，也符合孟詩的原意，實在也是無可奈何的辦法。自然，這同時又反映韓愈好奇的創作習慣。

總之，無論聯句或慰唁，都表現了韓、孟友情的深摯真切。

韓賈訂交的經過

蘇軾在《祭柳子玉文》中說過「郊寒島瘦」的話，這是指兩人詩風清峭瘦硬，好作苦語有相近似之處，後人常以此作為他們詩歌的特點，因此，談起孟郊，自然也會想起賈島，二人都是韓愈好友。

賈島（七七九—八四三），字浪仙，范陽（今北京附近）人。早年出家為僧，號無本。元和六年（八一零），於洛陽謁河南令韓愈，也是韓、賈訂交的開始。

明代戲劇作家吳炳，以庾長明和鄭瓊枝仙緣故事編著的《畫中人》傳奇（即京劇《鬥牛宮》之所本），有這樣的話：「（小旦）問他也總是不明白的。枉費推敲，喉嚨間格格渾難了。」推和敲本是兩種不同的動作，如果不明白它的出典，這句「枉費推敲」就不容易理會，倒要煞費推敲了。

胡仔《苕溪漁隱叢話》前集引黃朝英《緗素雜記》：《劉公嘉話錄》云：賈島初應舉赴京師，有一天，於驢上得「鳥宿池邊樹，僧推月下門」句。起先想作推字，又想作敲字，練之未定，遂於驢上吟哦，時時引手作推敲之勢。這時韓愈以吏部侍郎權京兆尹，島不覺衝至第三節（京兆尹儀仗的行列），左右擁至韓前，島如實告訴。韓立馬良久，對島說：作敲字好。遂與並轡而歸，留連論詩，與為布衣之交。

辛文房《唐才子傳》又曾採用，影響更大，後人便把「推敲」作為思索、研討、斟酌的別稱。

賈詩的原題為《題李凝幽居》：

> 閒居少鄰並，草徑入荒園。鳥宿池邊樹，僧敲月下門。過橋分野色，移石動雲根。暫去還來此，幽期不負言。

這是一個很有趣的故事，但真實性卻為後人懷疑：（一）各本《劉賓客嘉話錄》無此文。（二）韓愈任京兆尹在長慶三年（八二三），次年，他即逝世，而韓、賈訂交早在十三年前。賈詩寫的是訪友人李凝幽居，荒園、草徑、鳥宿、池樹等都是他目見的實景，則他所見的僧人在月下門前的動作，自然也是實景，並非虛擬想像之詞，敲就是敲，推就是推，二者只能居其一，無法自己選擇，作品的審美價值並非由詩人隨意運思，旁人更難改動。陶淵明的「採菊東籬下，悠然見南山」的「見」，一作「望」，兩者相較，「見」自勝於「望」，但畢竟屬於同一範疇，只是因修辭上的差別而影響到意境，賈詩的推和敲卻是實質性的兩種動作。

《唐才子傳》又記賈島曾跨驢張蓋，橫截天衢（京城的大街）。時秋風正厲，黃葉可掃，遂吟「落葉滿長安」句。正在思索屬聯時，忽以「秋風吹渭水」為對，喜不自勝。因唐突京兆尹劉棲楚，被拘留一個晚上。

但劉棲楚為賈島同輩好友，島並有《寄劉棲楚》詩，此事自也不可靠。大概賈島曾衝京兆尹是事實，也為當時人作為新聞來傳播，後人又分為兩事，其意在於用故事體來形容他的苦吟生活。《新唐書．賈島傳》只說：「一日，見京兆尹，跨驢不避，呼詰之，久乃得釋。」這是轉圜辦法，也是謹慎態度。

元和五年，賈島至洛陽，欲見孟郊而未成。到了冬天，作《攜新文詣張籍韓愈途中成》詩，於雪天謁見張籍，首二句云：「袖有新成詩，欲見張韓老。」這年他三十二歲，但沒有見到韓愈。至次年春天才始見到，韓愈乃作《送無本師歸范陽》，可見賈島這時還是僧人。詩的開頭說：「無本於為文，身大不及膽。吾嘗示之難，勇往無不敢。蛟龍弄角牙，造次欲手攬。」這是先反後正，妙於翻用，意思是賈島後來能夠勇往大膽，還由於韓愈自己指引之故。全詩主要闡述學詩之道，也記兩人相識的由來。

同年秋天，隨韓愈入長安，居於青龍寺，同時認識了孟郊。但賈島何時還俗，是否韓愈督促，皆不能確知。

韓愈貶潮州後，賈島曾有《寄韓潮州愈》：

此心曾與木蘭舟，直到天南潮水頭。隔嶺篇章來華岳，出關書信過瀧流。峰懸驛路殘雲斷，海浸城根老樹秋。一夕瘴煙風卷盡，月明補上浪西樓。

賈島詩以五言居多，這首七言，卻很流暢明潤，雖遙寄謫臣，卻無愁苦之音，只道相思之切。

又作了一首五言《寄韓湘》：

過嶺行多少？潮州漲滿川。花開南去後，水凍北歸前。望鷺吟登閣，聽猿淚滴船。相思堪面話，不著尺書傳。

韓愈謫潮州時，姪孫湘、滂皆侍行。結尾兩句，原是期望，意為相思之情，只有等到日後重見時才能當面訴說，無從在書信中表達。

後來韓愈還長安，曾遊南溪，賈島也同遊，曾作《和韓吏部泛南溪》：

> 溪里晚從池岸出，石泉秋急夜深聞。木蘭船共山人上，月映渡頭零落雲。

又有《黃子陂上韓吏部》詩，其中「溪潭承到數，位秩見辭頻」兩句，前者指數次泛南溪，後者指韓愈告病假事。張籍《祭退之》中的「偶有賈秀才，來茲亦問並」，此賈秀才即賈島。

韓愈的《南溪始泛三首》作於長慶四年（八二四）。這年冬天，即病逝於長安。賈島不但詩瘦，人也瘦，他自作《和劉涵》云：「新題驚我瘦，窺鏡見醜顏。」姚合《別賈島》也說「詩仙瘦始真」，孟郊《戲贈無本》又說「瘦僧臥冰淩」。賈島逝世後，姚合輓詩有「有名傳後世，無子過今生」語，則他與孟郊又都是無後之人。

計有功《唐詩紀事》卷四十：賈島為僧時，洛陽令不許僧午後出寺。島有詩云：

「不如牛與羊，猶得日暮歸。」韓愈惜其才，俾反俗應舉，贈以詩，賈島由此而振名。

另外有一首《贈賈島》：

孟郊死葬北邙山，日月星辰頓覺閒。天恐文章中斷絕，再生賈島在人間。

這首詩實為後人偽託，因為賈島在洛陽時，孟郊還不曾死。這和「推敲」的故事，同為韓、賈交誼史中的紙花，雖然很可賞玩，卻不是真的。

詩壇怪傑

中唐詩壇，元白之外，韓愈一派，也是一個重心，用現代話說，就是一個集團，不過他們只是以文會友，沒有甚麼組織上的關係。在這個集團中，有幾個人可稱為怪傑，不但作品怪，人也怪，如孟郊、賈島、盧仝、劉叉等，還有是處於邊緣的鬼才李賀。《新唐書》就把這四人附於《韓愈傳》之後。作品之怪，主要表現在語言的使用、想像的馳騁上，這一點，和韓愈的求奇求險的創作心理有共通地方。功過優劣，後人各執一詞。

其中的盧仝，韓愈還和他有創作上的合作關係。

盧仝，號玉川子。郡望范陽，原籍河南濟源。玉川本井名，在盧仝家鄉瀧水北，一名玉泉。盧仝喜飲茶，常汲井泉煎煮，乃有此自號。又作《走筆謝孟諫議新茶》：「一碗喉吻潤，兩碗破孤悶。三碗搜枯腸，唯有文字五千卷。四碗發輕汗，平生不平事，盡向毛孔散。五碗肌骨清，六碗通仙靈。七碗吃不得也，唯覺兩腋習習清風生。」

從這首詩裏，已可覘其怪氣。他的身世和性格，可於韓愈《寄盧仝》開頭一段，略見梗概：「玉川先生洛城裏，破屋數間而已矣。一奴長鬚不裹頭，一婢赤腳老無齒。辛勤奉養十餘人，上有慈親下妻子。先生結髮憎俗徒，閉門不出動一紀（十二年）。至今鄰僧乞迷送，僕忝縣尹能不恥？俸錢供給公私餘，時致薄少助祭祀。勸參留守謁大尹，言語才及輒掩耳。」這一段實在寫得好，韓愈的自責，尤見其愛才的殷勤。這時韓愈為河南令，洛陽有東都留守、大尹，韓愈勸盧仝向他們參謁，仝即「言語才及輒掩耳」，所以盧仝到老是個處士。而對韓愈的資助，他卻接受。韓愈貶國子博士時，盧仝作了五首詩表示感慨，中有「烈火先燒玉，庭蕪不養蘭」語，正是惺惺相惜。他的《苦雪寄退之》的「唯有河南韓縣令，時時醉飽過貧家」，也可看到韓愈對他的器重。「宰相須用讀書人」，就是地方官，何嘗不需要有些學問呢。

盧仝家境雖很清寒，貯書卻很多，他在《冬行三首》中說：「揚州屋舍賤，還債堪了不？此宅貯書籍，地濕憂蠹朽。」孟郊《忽不貧喜盧仝書船歸洛》：「貧孟忽不貧，講問孟何如？盧仝歸洛船，崔嵬但載書。」這是把書看作財富，盧仝一到，孟郊也不貧了。造句形式的奇特，又是韓孟詩派的特色，特色近似，彼此感情也會相應而加深，即是說，詩派對友誼往往起媒介作用。

元和六年，盧仝曾經寫過《月蝕詩》，長達一千七百餘字，句式參差錯綜，文字怪僻詭異，現代人看來，簡直是天書。詩中把日月看作天之雙眼，月蝕便是天瞎一目。天怎麼會瞎了眼呢！「嗚呼！人養虎，被虎嚙。天媚蟆（蟾蜍），被蟆瞎。乃知恩非類，一一自作孽。」即是說，對於非我族類，絕對不能開恩，開了恩，便會自食惡果。因此，他希望嫦娥「手操舂喉戈，去此睛上物」。這是把嫦娥看作女力士了。

這首詩，他所譏刺對象是誰，學者未能確定，但盧仝假此詩以譏刺權貴或時政則可肯定。

韓愈為此作了一首《月蝕詩效玉川子作》，比盧詩大為精簡，下面是兩詩的對比：

> 新天子即位五年，歲次庚寅，斗柄插子，律調黃鐘。森森萬木夜僵立，寒氣贔屓頑無風。（盧仝）
>
> 元和庚寅斗插子，月十四日三更中。森森萬木夜僵立，寒氣贔屓頑無風。（韓愈）
>
> 玉川子又涕泗下心禱，再拜額搨砂土中。地上蟣蝨臣仝，告訴天皇。臣心有鐵一寸，可刳妖蟆癡腸。皇天不為臣立梯磴，臣血肉身，無由飛上

天，揚天光。（盧仝）

再拜敢告上天公。臣有一寸刃，可刳凶蟆腸。無梯可上天，天階無由有臣蹤。（韓愈）

這裏只舉一例。題目上說是「效」，實際是韓愈把盧仝詩刪改得很多，所以有的本子就作「刪玉川子作」。詩中仍以玉川子自居，我們姑且叫它「合作」。如果友誼不密切，詩風差得過遠，韓愈就不會這樣做。

後人也承認盧仝原詩豪放雄快，但詩還得遵守它的規範，豪放必須有個分寸。李東陽《麓堂詩話》云：「如韓退之效玉川子之作，斲去疵纇，摘其精華，亦何嘗不奇不怪？而無一字一句不佳者，乃為難耳。」這說得很公允。我們如果將韓詩單獨欣賞，也確是瑰奇挺拔之作。

盧仝另有一首五古《月蝕詩》：

東海出明月，清明照毫髮。朱弦初罷彈，金兔正奇絕。三五與二八，此時光滿時。頗奈蝦蟆兒，吞我芳桂枝。我愛明鏡潔，爾乃痕翳之。爾且無六翮，焉得升天涯？方寸有白刃，無由揚清輝。如何萬里光，遭爾小物欺。卻吐天漢中，良久素魄微。日月尚如此，人情良可知。

意義和上一首一樣，卻是文從字順，最後以天上人間相聯繫，雖感慨卻很婉轉，使人有心平氣和之感。陳振孫《直齋書錄解題》卷十九：盧仝「其詩古怪，而《女兒集》（曲）、《小婦吟》、《有所思》諸篇，輒嫵媚艷冶」。

有成就的詩人，風格總是多樣化的，盧仝也是這樣，例如《卓女怨》：

妾本懷春女，春愁不自任。迷魂隨鳳客，嬌思入琴心。託援交情重，當壚酌意深。誰家有夫婿，作賦得黃金。

這又是何等「嫵媚艷冶」。末兩句，也即慧眼識英雄之意。當然，在評量一個詩人的風格時，還須分別主要和次要，險怪畢竟是盧仝的主要一面。

關於盧仝之死，辛文房《唐才子傳》說是因遭大和九年（八三五）甘露之變而亡，後人因此而定其卒年。這是不確切的。他的享年，四十餘歲，近年中華書局的《唐才子傳校箋》已有析辨。

燈檠與蒲魚

燈在古代的一般家庭，婦女大多用於縫織，男子大多用於讀書。宋晁沖之《夜行》：「孤村到曉猶燈火，知有人家讀書燈。」周密《夜歸》：「村店月昏泥徑滑，竹窗斜漏補衣燈。」皆寫夜不虛度，人不負燈。黃仲則《題洪稚存機聲燈影圖》：「樓風颭燈燈一粟，書聲機聲互相逐。」這是寫母子兩人在書聲機聲中過着夜生活，而起支持作用的是燈火。

燈的架子叫檠，檠有長短之別，韓愈有一首《短燈檠歌》，卻以常見的事物而深寓社會內容：

長檠八尺空自長，短檠二尺便且光。黃簾綠幕朱户閉，風露氣入秋堂涼。裁衣寄遠淚眼暗，搔頭頻挑移近床。太學儒生東魯客，二十辭家來射策。夜書細字綴語言，兩目眵昏頭雪白。此時提攜當案前，看書到曉那能眠？一朝富貴還自恣，長檠高張照珠翠。吁嗟世事無不然，牆角君看短檠棄。

這是一首七古，卻發揮長話短說的效果。先寫短檠燈不僅便於裁衣，也便於看書，所以遠勝於長檠。裁衣的代表女子，妻，頻頻用玉搔頭挑燈。看書的代表男子，夫，通宵苦讀未眠。女的將燈移近床前，男的提攜當案，兩種動作，一樣用意。長檠燈以「空自長」開始，以「照珠翠」結束，最後還是長檠燈受主人重用。

全詩逐步深入，富於邏輯色彩。由簾幕至戶堂，由風露至裁衣，由思夫而流淚，由淚眼模糊而頻頻以簪挑燈。末句收到本題，懸崖勒馬，不再添一句，何焯所謂「骨節俱靈，字無虛設」。

朱彝尊以為「裁衣二句是女子事，於前後語意不倫，刪之為淨」。恐怕沒有透視此詩命題。全詩沒有這個女主人，就像有燈而無火，有火而不明。短檠、長檠只是用途上的不同，並不意味身份上的差異，首句「長檠八尺空自長」，意謂長檠對裁衣看書不及短檠。看第三句的「黃簾綠幕朱戶閉」，東魯客似非寒士，只是這時年紀還輕，功名未曾到手，離開富貴尚遠。

但這首詩的主題思想究竟應當怎樣理解？

一派是諷刺東魯客的厭舊戀新，遺棄糟糠之妻，「照珠翠」即喻新人，短檠比喻裁衣的舊人。這是最簡便的理解。

另一派是「長檠高張照珠翠」的仍指原來的裁衣人。這或許出於某些讀者的意外，但全詩的更深刻的社會內容就在這裏。

那麼，東魯客豈非很有情義，可共安樂，並不是一個薄倖人，詩人作此詩還有甚麼諷世意義呢？

不知這正是詩人的《春秋》筆法：男的功名富貴到手了，女的自然叨了妻財子祿的光，也即妻以夫貴，身上的首飾也多起來了。戴在頭上的珠翠是需要長檠照，才能使光彩炫人雙目，短檠自然被棄在牆角，這樣，本來不存在身份、等級之別的短檠、長檠，也有前卑後尊的區別了。所以，「長檠高張照珠翠」這一句，實是全詩之魂，概括了多少新貴暴發的富貴驕人的勢利面目，觀「吁嗟世事無不然」而尤明。蘇軾謫黃州時作的《侄安節遠來夜坐》，有「免使韓公悲世事，白頭還對短燈檠」句，則是反用韓詩原意。

韓愈詠自己夫婦之情的，則有《青青水中蒲三首》：

青青水中蒲，下有一雙魚。君今隴上去，我在與誰居？
青青水中蒲，長在水中居。寄語浮萍草，相隨我不如。
青青水中蒲，葉短不出水。婦人不下堂，行子在萬里。

這是他年輕時，代他夫人盧氏作的閨思詩，用樂府體。第一章的君指魚；我，蒲自稱。此以蒲、魚起興。但蒲和魚在一起，而君與我分離，所以何焯說是「反興」。第二章是比，意謂蒲不能移動，不如浮萍尚能相隨。第三章是興，以葉短不出水起興，比喻古代婦女不能出門。

此詩語淺意深，煉藻繪以入平淡，也見韓愈當年少年夫妻的恩愛。但無論是《短燈檠歌》或《青青水中蒲》，說到底，還是反映古代婦女人格上沒有獨立性只有依附性。

中秋望天路

宮市是唐代中葉一大弊政，白居易的《賣炭翁》就是用詩歌揭露宮市的擾民。宮市的實況在韓愈《順宗實錄》中曾有記載，大意是：按照舊例，宮中要購買貨物，本由官吏承任，並以相等價值付償，到了德宗貞元末，這差使便轉為宦官，宦官的手段是大家所熟悉的。看到貨物，便說宮中委購，真偽難分，付的價值只抵原價百分之幾，也便是象徵性的，還要勒索甚麼門戶錢、腳價錢。賣方大多是農民，往往空手回家。所以名為宮市，實為掠奪。曾經有一農民，以驢負柴至城中出售，宦官就口稱宮市強取之，只給絹數尺，還索取門戶錢。農民靠賣柴養一家老小，便爭吵起來，毆打宦官，街吏將他捉住，上報朝廷，皇帝下詔處分這個宦官，給予農民絹十四，「然宮市亦不為之改易」。

末一句說得非常警闢。宦官既是官，官場積弊從來就是辦管辦，幹管幹。尤其宮字當頭，誰也沒法認真，給絹十四，聊示皇上之聖明而已。

不想韓愈卻認真起來，他任監察御史時，便以言官的身份上書數千言，德宗非但不聽，還大為惱怒，便於貞元十九年（八零三）貶為連州陽山（今屬廣東）令。

宮市之弊，德宗豈有不知？撤銷宮市，對皇帝毫無損失，可是對宦官卻損失很大。當時宦官已手操生殺之權，連朝廷出兵，都由宦官做監軍，怎麼能夠惹得？後來的憲宗就是給宦官殺害的。韓愈的《順宗實錄》所以遭宦官之忌，文中揭露宮市之弊，也是原因之一。

韓愈之貶陽山，原不僅由於論宮市一端，還有複雜的人事上因素，但論宮市實為一個重要原因。當時監察御史張署，也因勸諫德宗減免關中徭賦而被貶臨武（今屬湖南）。韓愈祭張署文，故有「我落陽山，以尹鼯猱。君飄臨武，山林之牢。歲弊寒凶，雪虐風饕」語。

憲宗即位，大赦天下，他們仍不能回到朝廷。韓愈改任江陵（今屬湖北）法曹參軍，張署改任江陵功曹參軍，在郴州（今屬湖南）逗留了一些時候。這首《八月十五夜贈張功曹》即是在郴州作。

纖雲四卷天無河，清風吹空月舒波。沙平水息聲影絕，一杯相屬君當歌。君歌聲酸辭且苦，不能聽終淚如雨。洞庭連天九疑高，蛟龍出沒猩鼯號。十生九死到官所，幽居默默如藏逃。下床畏蛇食畏藥，海氣濕蟄熏腥臊。昨者州前搥大鼓，嗣皇繼聖登夔皋。赦書一日行萬里，罪從大辟皆除死。遷者追回流者還，滌瑕蕩垢朝清班。州家申名使家抑，坎軻只得移荊蠻。判司卑官不堪說，未免捶楚塵埃間。同時流輩多上道，天路幽險難追攀，君歌且休聽我歌，我歌今與君殊科。一年明月今宵多，人生由命非由他，有酒不飲奈明何？

前四句是寫景。因為萬里無雲，一天月色，銀河也看不到了。於是舉酒相祝，請張署唱歌，實即吟詩。從「洞庭連天九疑高」到「天路幽險難追攀」止，都是轉述張署歌辭原意。

先從南遷時荒涼艱苦的歷程說起，冒九死一生之險才到達官所，就此默不作聲，如同躲藏起來。雖然如此，還是有種種恐懼。床下怕蛇出沒，進食怕中毒。這兩句既寫出海南的風土特色，也反映北方人不能適應的苦惱。

夔和皋陶都是傳說中堯舜時的良臣，這裏借喻憲宗即位，賢良起用。此次大赦令於八月初五日頒發，十五日前到達郴州，所以說一日行萬里。大赦的範圍是，處死刑者免死，謫遷、流放者召回、赦還。

可是當州官申報上去後，卻被觀察使扣壓了。據沈欽韓註說，這時湖南觀察使為楊憑，即柳宗元岳父，他自必承王伾、王叔文的意旨，使韓、張被抑。如果此說不誤，那麼，韓愈之厭惡二王，不是沒有來由的了。

判司是唐代諸曹參軍的統稱，有過即受笞杖之苦。杜牧《贈小侄阿宜詩》：「參軍與簿尉，塵土動劻勷。一語不中治，鞭笞滿身瘡。」韓詩的「塵埃間」指伏地挨打，小杜詩的「動劻勷」，則含幽默味，意思是還要塵土來幫忙。杜甫《送高三十五書記》也有「脫身簿尉中，始與捶楚辭」語，說明卑官的屈辱可憐處境。

高步瀛《唐宋詩舉要》云：「貶謫之苦，判司之移，皆於張歌辭出之，所謂避實法也。」接着，由韓愈自己來評說，歸結於命運如此，不能違背，所以還是飲酒，陶淵明《責子詩》所謂「天運苟如此，且進杯中物」。但陶詩是曠達，韓詩是牢騷。因為張署歌辭很悲苦，韓愈則故作優游，所以說「我歌今與君殊科」，即用意不同。末句「有酒不飲奈明何」的「明」，也有作為明年解的，似以作明月解為勝，即是不要為煩惱而辜負此明月。以單一「明」字指明年，很牽強；指明月，較通順，童第德《韓集校證》卷三：「此承上省月作明，義本明白。」說得很對。

這首詩也是韓愈以文為詩的代表作，其中無一聯是律句。「歌」字兩見，但復韻古人多有之。

陽山之貶，新舊《唐書》說是因論宮市，另一說是因關中旱飢，韓愈上疏請寬民徭而免田租，為京兆尹李實所忌而獲譴。據韓愈《赴江陵途中寄贈三學士》詩，則是為了後者。《贈三學士》也作於尚滯留湘中時，但這時二王已失敗，這裏只就詩中所表現的情緒而言，韓愈是有一肚皮怨氣的，中間還牽涉柳宗元和劉禹錫，而對二王之敗，則大為痛快，亦見宦海恩仇，如驚濤拍岸，永無寧日，持此以與前一首對照，則韓公之對酒當歌，實是矯情，遠過於張歌的但道悲酸。但無論是前首或後首，在表現詩人的性格上還是統一的。

聖德與筆禍

憲宗即位後，王叔文集團受到貶逐，藩鎮如蜀中的劉闢、夏州的楊惠琳等皆因叛亂而被斬。元和二年（八零七），韓愈任國子博士，寫了一首四言的《元和聖德詩》，共一千二十四字。詩中對憲宗「文武神聖」的功績大為頌揚。後人對此詩評價分歧，蘇轍《詩病五事》以為「此李斯頌秦所不忍言，而退之自謂無愧於《雅》、《頌》，何其陋也」。陳師道《後山詩話》：「少游謂《元和聖德詩》於韓文為下，與《淮西碑》如出兩手，蓋其少作也。」也有人說，這是在警誡藩鎮。筆者覺得這首詩在表現韓愈的性格上倒很真實：一個熱中的人也最易衝動，一衝動，就不惜用盡鋪張和肉麻的話。

到了元和十四年，憲宗遣使臣往鳳翔迎佛骨到宮廷，韓愈時任刑部侍郎，乃上表勸諫，表中舉出自漢明帝至梁武帝，皆因信佛而享國短促的事例。帝王本來甚麼也不怕，獨獨怕壽命不長。憲宗之迎佛骨，無非為了祈求延年，自然覽表大怒，要處韓愈以極刑，後經諸親貴的說情，才貶為潮州刺史。

在赴潮州途中，他寫了不少詩，都很精彩，如《左遷至藍關示姪孫湘》，便是傳誦的傑作。他由藍田入商洛（今陝西商南縣一帶），途經商洛西北的武關，作了一首《武關西逢配流吐蕃》：

> 嗟爾戎人莫慘然，湖南地近保生全。我今罪重無歸望，直去長安路八千。

唐朝制度，在西面邊界擒獲的吐蕃囚犯，解至南方，都不殺死。所以首二句這樣說。既借苦說苦，亦以生慰生。從末二句看，他自問已無生還之望，但在《路傍堠》中，又有這樣的話：

> 堆堆路傍堠，一雙復一隻。迎我出秦關，送我入楚澤。千以高山遮，萬以遠水隔。吾君勤聽治，照與日月敵。臣愚幸可哀，臣罪庶可釋。何當迎送歸，緣路高歷歷。

在戰國時，出武關而南，便是由秦而赴楚地。堠是記里程的土堆，五里隻堠，十里雙堠，就像長亭、短亭。可見他還是希望能回去的。柳宗元《詔追赴都回寄零陵親故》也有「岸傍古堠應無數，次第行看別路遙」句。大凡流落天涯的人，看到堠子郵亭，也必份外悽愴，歲月就在一堠一亭的茫茫長途中消逝了。

到了鄧州穰縣的曲河驛，他又作了一首《食曲河驛》：

晨及曲河驛，淒然自傷情。群烏巢庭樹，乳燕飛檐楹。而我抱重罪，孑孑萬里程。親戚頓乖角，圖史棄縱横。下負朋義重，上孤朝命榮。殺身諒無補，何用答生成？

這是隱喻人不如鳥，鳥尚有庭樹檐楹可以棲息，自己卻因重罪而漂泊海南，與親友別離，將圖書拋棄。末句的「生成」指父母養育之恩，其實說得多餘，人未到非死不可地步，誰願意輕生呢？但上述這些詩，都是正面說的，尚無牢騷之意。

韓愈從京城長安至潮州，行程為七十餘天，經過樂昌縣的昌樂瀧時，寫過一首《瀧吏》：

南行逾六旬，始下昌樂瀧。險惡不可狀，船石相舂撞。往問瀧頭吏，潮州尚幾里？行當何時到？土風復何似？瀧吏垂手笑，官何問之愚？譬官居京邑，何由知東吴？東吴游宦鄉，官知自有由。潮州底處所？有罪乃竄流。儂幸無復犯，何由到而知？官今行自到，那遽妄問為？不虞卒見困，汗出愧且駭。吏曰聊戲官，儂嘗使往罷[1]。嶺南大抵同，官去道苦遼。下此三千里，有州始名潮。……聖人於天下，於物無不容。比聞此州囚，亦有生還儂[2]。官無嫌此州，固罪人所徙。官當明時來，事不待説委。官不自謹慎，宜即引分往。胡為此水邊，神色久儻慌？……凡吏之所訶，嗟實頗有之。不即金木誅，敢不識恩私？潮州雖云遠，雖惡不可過。於身實已多，敢不持自賀！

據舊註，縣名樂昌（今屬廣東），瀧（急流的水道）名昌樂。詩的大意説，他向瀧吏詢問潮州路程和風俗，瀧吏垂手笑道：官人怎麼如此愚蠢？譬如您在京師時，怎會知道東吳的事情，但東吳是游宦之鄉，潮州又是甚麼地方？是罪犯才到那裏去呀！我並不犯罪，何從知道？官人馬上就要到潮州了，還忙着問它作甚？

韓愈聞而大為羞窘，瀧吏見狀，連忙說：不要見怪，這原是和官人說着玩的，我曾經因公出差自潮州回來。下面便將潮州風土說了一遍，又說：現在是聖人（指皇帝）的天下，事事寬大為懷，潮州的囚犯也有生還的。官人不要討厭這地方了，罪犯原是應該去的，不算委屈。如今既是聖明之時，官人卻遠道而來，這道理不待詳說，應當有自知之明，還是守着本份前往，怎麼還在水邊神色慌張？

韓愈覺得瀧吏的所有譏責都很切實，自己幸而不受斬殺桎梏之禍，怎能不識好歹？儘管潮州又遠又荒僻，對自己這樣的罪臣已很優厚，豈敢不以此自慶！

前人說這詩也是遊戲之作，固然不錯，看看中間的某些情節，就是出於虛構，當時的瀧吏不可能對刺史挖苦得那麼利害，儘管是謫貶的。所以這正是借他人酒杯，澆自己塊壘。最後四句，明知潮州既遠而惡，卻還自相慶賀，不正是反話冷話？

韓愈是大唐的文臣，他的上表勸諫，就像他寫的《元和聖德詩》一樣，完全出於忠誠，一心巴望唐室穩固清明，表也寫得義正詞嚴，不想為此而招來筆禍。他在一路上所作之詩，雖翻覆自認有罪，心裏怎能平靜？到了昌樂瀧，看到水流險惡，船石相撞，隨時可以發生意外。遇見瀧吏時，也許有幾句戲謔的話，於是內心又衝動了，借此發洩牢騷。詩人的創作心理本來容易理解。

然而在皇權時代，卻還允許謫官公然說出反話冷話，尚不失為「聖人於天下，於物無不容」的「明君」。這樣看來，韓愈的《元和聖德詩》也還頌揚得對。

註釋

1 這句和上句的「儂」是第一人稱的「我」。

2 這句的「儂」指第三人稱的「人們」。

從韓湘到韓湘子

韓愈的《祭十二郎文》是傳誦的名文。他和十二郎，從小在一起，名為叔侄，實同兄弟。此文尤以至性至情，抒發「少者強者而夭歿，長者衰者而存全」的骨肉之痛，故成為祭文中的絕唱，以涕淚蘸筆端而寫成。

十二郎名老成，韓介之子，謹厚能文，頗為韓愈器重。韓愈於貞元十六年（八零零）有《河之水二首寄子侄老成》，其一云：「河之水，去悠悠，我不如，水東流。我有孤侄在海陬，三年不見兮，使我生憂。日復日，夜復夜，三年不見汝，使我鬢髮未老而先花。」用長短句的形式，寓真於淡，寫兩地相思之情。

老成有二子：韓湘、韓滂。韓愈因謫貶而量移袁州時，湘與滂皆相隨從。韓滂卒於袁州，年僅十九，韓愈哭而葬之。韓湘字北渚，長慶三年進士，官大理丞。

一封朝奏九重天，夕貶潮陽路八千。欲為聖明除弊事，肯將衰朽惜殘年？雲橫秦嶺家何在？雪擁藍關馬不前。知汝遠來應有意，好收吾骨瘴江邊。

《左遷至藍關示姪孫湘》

這是元和十四年（八一九），韓愈因上表而謫潮州時，至今陝西藍田縣東南的藍（田）關時作的。古代以右為貴，以左為卑，故稱貶謫為左遷。

詩的一二兩句，形容得罪的迅速，朝上奏而夕貶潮州。第三句仍認為自己做得沒有錯。這一年韓愈五十二歲，在古人已覺是衰朽之年，但他還是想以殘年為國除弊，與上句緊相貫通。秦嶺在藍田東南，即終南山別出之嶺，要進入商洛，必須經過此嶺。作此詩時他還在陝西境內，題目上明白寫出「姪孫湘」，即第三代。

但在段成式的《酉陽雜俎》卷十九中，卻有這樣一段記載：

韓侍郎有疏從子侄自江淮來，學院中子弟悉為凌辱。韓愈遽令歸，並加斥責。侄拜謝曰：「某有一藝，恨叔不知。」因指階前牡丹曰：「叔要此花青、紫、黃、赤，唯命也。」乃豎箔曲盡遮牡丹叢，掘窠四面，旦暮治其根。凡七日，乃填坑，白其叔曰：「恨較遲一月。」時冬初也。牡丹本紫，及花發，色白、紅、黃、綠，每朵有一聯詩，字色紫，乃韓出官時詩，一韻曰：「雲橫秦嶺家何在？雪擁藍關馬不前。」韓大驚異，侄且辭歸江淮，竟不願仕。

《雜俎》中只說「疏從子侄」，未點名韓湘。段成式是晚唐人，距韓愈時不過三四十年，而已經產生這樣離奇的故事。但他也並非沒有一點來歷。韓愈家中確有牡丹，並作過《戲題牡丹》七律。段成式在《雜俎》中曾對牡丹的移植作過小考證，說明他對牡丹很感興趣。其次，韓愈早年在徐州時又作過一首《贈族侄》，下半首說：「朝眠未能起，遠懷方鬱悰。擊門者誰子，問言乃吾宗。自云有奇術，探妙知天工。既往悵何及，將來喜還通。期我語非佞，當為佐時雍。」韓愈這時也很蕭條失意。這個族侄，本不相熟，所以開門見面後還要問他，他除了自認是同宗外，還說有奇術，知天工，下兩句又寫過去未來之事。所以這首詩本身便有些迷離惝恍。浦江清《八仙考》以為園藝家講究變種變色的來源或方法，「或者那時已有變種的方法，而過神其說」；章士釗《柳文指要》：「成式所述韓侄治牡丹之法，與現代北京用溫室烘焙不時之花，有相類似。」皆未必符合段氏原意。《雜俎》為筆記小說，內容多記仙佛鬼怪故事，所以原意純出於志異談怪。

到了宋代劉斧的《青瑣高議》前集，便把韓湘說成「韓文公之侄」，為人落魄不羈，見書則擲，對酒則醉，韓愈責之，湘笑曰：「湘之所學，非公所知。」後來韓愈要試驗他奪造化開花之術，湘便在韓愈開宴時，取土聚於盆，用籠覆之，巡酌間，湘曰：「花已開矣。」花朵上有「雲橫」二句，韓愈莫曉其意，並曰：「此亦幻化之一術耳，非真也。」湘曰：「事久乃驗。」後韓愈赴潮途中，俄有一人冒雪而來，乃湘也，因談向日花上之句，韓愈詢地名，即藍關，大為嘆服，稱為「異人」。但《太平廣記》引《仙傳拾遺》，又以為是韓愈外甥事。至宋元戲文雜劇，便有《韓湘子三度韓文公》、《韓湘子三赴牡丹亭》等劇目，《金瓶梅》還載有《韓湘子度陳半街升仙會》雜劇。元人又將韓湘子列入八洞神仙[1]。韓湘一經變成韓湘子，便有仙凡之別，和韓愈的輩分也由第三代升為第二代。舊時喪家設筵奏樂，常有《藍關》一曲，意為祝禱亡人升登仙界。《全唐詩》將韓湘、呂岩、張果等同列為仙部，收入了韓湘的兩首詩，《答從叔愈詩》云：「舉世都為名利醉，伊予獨向道中醒。他時定是飛升去，衝破秋空一點醒。」此詩和另一首《言志》，都錄自《青瑣高議》。筆記或戲劇，內有怪誕故事，原可見怪不怪，堂堂御修的《全唐詩》，竟也荒誕到這個地步。《四庫全書總目提要》，評《高議》所記怪異事跡，「多乖雅馴」，又云：「斧作小說，侈談神怪可矣，士大夫以為實事，而記於家傳別錄，好事者又校正其異同，相率說夢，不亦慎乎？」說得非常對，然則《全唐詩》抄錄《青瑣高議》中的韓湘詩，豈非更是夢中之夢？

韓愈謫潮州時，韓湘二十七歲。韓詩所謂「知汝遠來應有意，好收吾骨瘴江邊」，當是韓愈先行，韓湘後行追上，所以才有收骨瘴江（指潮州一帶）的期望。韓愈至廣東增城縣，有《宿曾（增）江口示姪孫湘二首》，其時兩人當已在一起，後又相從到袁州（今江西宜春），這固然見得韓湘兄弟的情義，另外也還有政治上的原因，留待下一篇中再談。

註釋

1 八仙的傳說很早，但早期各說不同，或無何仙姑、張果老，而有徐仙翁、風僧壽或元壺子等。民間傳說中的八仙，為明代以後之說。

一人做事一家當

元和十年（八一五），韓愈在京師任中書舍人，作《示兒》詩，開頭說：「始我來京師，止攜一束書。辛勤三十年，以有此屋廬。此屋豈為華，於我自有餘。中堂高且新，四時登牢蔬。前榮饌賓親[1]，冠婚之所於。庭內無所有，高樹八九株。有藤婁絡之，春華夏陰敷。（下略）」這首詩後人議論不一，蘇軾以為所說皆利祿之事（《苕溪漁隱叢話》前集）。也有人為韓愈辯白。捨此不談，單從詩中描摹的風土景物、家人親情、友好戲娛這些情節來看，韓愈這時的家庭生活是過得很愉快美滿的，他所以能有這種境遇，就因讀書辛勤之故。他寫此詩，便是要兒輩不要迷失本志。在《人日城南登高》中，也有「親交既許來，子侄亦可從」語，也見得當時親朋子侄過從的密切。

到了元和十四年，韓愈被貶至潮州，從《左遷至藍關示姪孫湘》的「雲橫秦嶺家何在」這句看，他離京時家人還在長安，不久，他的家屬也被迫離京了，因為罪人的家屬是不准留在京城的。末兩句的「知汝遠來應有意，好收吾骨瘴江邊」，當是指韓湘因姪孫關係，也不能留京，故而事後趕去，否則，一個謫官，何必有兩個姪孫跟隨至貶所呢？

他的《過始興江口感懷》云：

> 憶作兒童隨伯氏，南來今只一身存。目前百口還相逐，舊事無人可共論。

始興江在今廣東韶州，大歷十四年（七七九），韓愈曾隨其兄韓會之貶潮州相隨南遷，年僅十歲，這時則因自己獲罪而重至潮州。百口形容家人之多，包括僕人，但十二郎和他嗣母鄭氏、乳母等皆已去世，舊人零落，更為悽愴。

韓愈有一個女兒叫女挐，才十二歲（古代用虛歲），本已患病臥床，加上驚惶和勞累，便在旅途中死於商州南的層峰驛，草草下葬。時為元和十四年二月。次年韓愈蒙赦還朝，途經女挐殯地，寫下一首《去歲自刑部侍郎以罪貶潮州刺史，乘驛赴任，其後家亦譴逐，小女道死，殯之層峰驛旁山下，蒙恩還朝過其墓留題驛梁》：

> 數條藤束木皮棺，草殯荒山白骨寒。驚恐入心身已病，扶舁沿路眾知難。繞墳不暇號三匝，設祭惟聞飯一盤。致汝無辜由我罪，百年慚痛淚闌干。

女挐死於旅途中，韓愈已赴貶地，來不及繞墳三匝而哭。《禮記·檀弓下》：「延陵季子適齊，於其反也，其長子死，葬於嬴博之間。……既封（聚土築墳），左袒，右還（圜）其封且號者三。」第五句用此典故，卻是死典活用。第六句為記實，寫他在貶地聽人傳言女挐祭儀的淒涼。末兩句意謂，由於受自己之罪而牽累，這種慚痛，即使多至百年，還是老淚縱橫，正因家破人亡，感情也深厚自然。

長慶三年（八二三）十月，韓愈任京兆尹，乃將女挐屍骨移葬故鄉河陽，並撰《祭女挐女文》：

> 嗚呼！昔汝疾極，值吾南逐。蒼黃分散，使女驚憂。我視汝顏，心知死隔。汝視我面，悲不能啼。我既南行，家亦隨譴。扶汝上輿，走朝至暮。

天雪冰寒，傷汝羸肌。撼頓險阻，不得少息。不能飲食，又使渴飢。死於窮山，實非其命。不免水火，父母之罪[2]。使汝至此，豈不緣我。草葬路隅，棺非其棺。既瘞隨行，誰守誰瞻？魂單骨寒，無所託依。人誰不死，於汝即冤。我歸自南，乃臨哭汝。汝目汝面，在吾眼傍。汝心汝意，宛宛可忘？逢歲之吉，致汝先墓。無驚無恐，安以即路。飲食芳甘，棺輿華好。歸於其丘，萬古是保。尚饗！

全文不用典故，不加藻飾，語言極為通俗，等於是古代的白話文，所以無須疏解，也不忍刪節，雖較《祭十二郎文》簡短，卻可看作姊妹篇。賀貽孫《詩筏》說韓愈絕妙詩文，多在骨肉離別生死間，「亦是至哀即哭，真情流溢，非矜持造作所可到也」。不失為知音之言。

女挐歸葬河陽時，又撰《女挐壙銘》，開頭說：「愈之為少秋官（刑部侍郎），言佛夷鬼，其法亂治，梁武事之，卒有侯景之敗，可一掃刮絕去，不宜使爛漫。天子謂其言不祥，斥之潮州，漢南海揭陽之地。」他仍然堅持諫佛骨沒有甚麼錯，佛是「夷鬼」，佛法亂治，應當徹底掃刮，等於把當初召禍的原表的要點重新複述一下，也見得韓公的倔強。

父親獲罪，卻連十二歲的患病的女兒也不准留在京城，而父親獲罪的原因是由於勸皇帝不要迷信虛妄的佛骨，不要做蠢事。這樣的事情，對今人來說是萬難置信的，在韓愈時代，卻是千真萬確的事實。俗語有「一人做事一人當」的話，這時卻是一人做事一家當了。

韓愈在潮州不過七八個月，他以諫佛骨得罪又以諫佛骨而名更顯揚。到他任京兆尹時，女挐是十六歲。古人結婚早，如果這時女挐還活着，也快到出嫁之年了，死者總是吃虧的、委屈的。一瞑之後，甚麼都不存在了，祭文哀詞，無論寫得怎樣真切沉痛，對死者來說也是枉然的。

長慶四年十二月，韓愈自己也死了，不知這對父女能否在地下重逢？但願如此。

又，女挐是韓愈第四個女兒，另外兩個，一嫁李漢，一嫁蔣係。李漢字南紀，亦韓門弟子，官至吏部侍郎，韓愈身後的遺文就是由他收拾整理的。

註釋

1 榮，屋檐。

2《穀梁傳》昭公十九年：「子既生，不免乎水火，母之罪也。」水火，指遭受意外災禍。母之罪，是說母親應負責任。

潮州的鱷魚

韓愈在《瀧吏》詩中說：「惡溪瘴毒聚，雷電常洶洶。鱷魚大於船，牙眼怖殺儂。州南數十里，有海無天地。」這是他在樂昌縣時聽瀧吏說的潮州風土，所以他的《題臨瀧寺》有「潮陽未到吾能說，海氣昏昏水拍天」的話。

到他正式任潮州刺史後，詢問民間疾苦，都說惡溪有鱷魚[1]，吞食民畜熊豕鹿獐，於是寫了一篇《鱷魚文》，勒令鱷魚在三天之內率醜類南徙於海，三天不走放寬五天，五天不走放寬七天，七天再不走，就是故意不肯遷避，心目中沒有刺史，刺史就要精選有技能的吏民，操強弓毒矢來對付，務必殺盡才罷休。

林雲銘《韓文起》云：「文中只用『告』字，並無『祭』字。故李漢編入雜著，不列祭文卷內。後人不知此意，把題目硬添一『祭』字。」實也是對醜類的討伐令。曾國藩在《求闕齋讀書錄》中就說：「文氣似司馬相如《諭巴蜀檄》，但彼以雄深勝，此以矯健勝。」文中一再申明先禮後兵、教而後誅的本意，不但理直氣壯，而且苦心孤詣，文姿又婉轉跌宕，層層盤剝。

《舊唐書．韓愈傳》中說：「咒之夕，有暴風雷起於湫中。數日，湫水盡涸，徙於舊湫西六十里，自是潮人無鱷患。」這豈非把韓愈寫成張天師了？就算鱷魚因咒而他遷，也是以鄰為壑，牠們到別處也是要作惡的。李翱的《韓公行狀》、皇甫湜的《韓文公神道碑》都未提驅鱷魚事。翱、湜皆韓門弟子，不會忘記這事，所以周必大的《二老堂詩話》說：「豈以鱷近語怪，故刪去乎？」王安石《送潮州呂使君》詩也說：「不必移鱷魚[2]，詭怪以疑民。」推想起來，可能是巧合：這時溪水已乾，鱷魚不能存身，只好遷至他處，但仍在潮州境內。

韓愈以辟佛著名，但他並非一個無神論者，和古代其他儒家信徒一樣，他們的宇宙觀中還是相信有一種超自然的可以感應的力量存在，所以為了祈雨，他寫過《祭竹林神文》、《曲江祭龍文》。韓愈因為佛是異端而辟之，或許他把鱷魚也看作畜類中的異端了。

北宋陳堯佐因言事觸怒皇帝，貶為潮州通判，曾作韓吏部祠堂。當地居民張某和其母洗滌於江邊，鱷魚尾而食之（鱷魚食人畜就先用尾巴襲擊），其母不能救援。堯佐聞而哀憐，命二吏駕小舟操網往捕，但鱷性凶暴，不是用網能夠捕得，便先以弓矢射之而捉進網中，堯佐乃作文張貼街市然後烹煮。歐陽修《陳文惠公神道碑》：「潮人嘆曰：昔韓公諭鱷而聽，今公戮鱷而懼，所為雖異，其使異物醜類革化而利人一也。吾潮間三百年而得二公，幸矣。」這正好說明，韓愈時的潮州鱷魚並未因一紙文告而斂跡，但他任地方官時想為民除害的心願卻是真實的。憲宗對韓愈的處分雖不公平，但韓愈文中幾次三番提到「天子」，仍以孤臣孽子之心效忠於唐室。

鱷魚之名，最早見於晉左思《吳都賦》：「黿鼉鯖鱷。」劉淵林註：鱷魚，似鼉。其實就是鼉，鼉即揚子鱷，俗名豬婆龍，皮可製鼓。《詩經·靈台》：「鼉鼓逢逢。」則先秦時已有記載。

《太平御覽》卷九三〇引《潯陽記》云：「城東門通大橋，常有蛟為百姓害。董奉疏一符與水中，少時見一蛟死浮出。」董奉為三國時吳人，這段故事和韓愈的以文驅鱷倒相類似。蛟是傳說中的動物，古人常將蛟龍並稱。近代學者也有以為古書中的龍，實即大蜥蜴（壁虎）、鱷魚之類。周處斬蛟，可能就是捕殺鱷魚。

周作人《知堂集外文》中有《揚子鱷》與《鱷魚》兩文，大意說，世界上鱷魚大要可分兩種，非洲的叫克洛科提魯斯，美洲的叫阿利伽多耳，原義都是說壁虎。

鱷魚與蛇和烏龜都是大洪水以前的生物，年代既老，形狀格外地不好看，張開嘴來，喉嚨就同肚皮一樣寬。壽命可活到二三百歲，有六十八個牙齒，咬力極強，咬得斷人的大腿骨，隔得遠一點的地方用尾巴打，人畜都禁受不住。消化力異常強大，正在吞吃人的鱷魚，剖肚來看，人的下半身還在喉間，上半身已經骨頭都融化了。現代非洲的阿拉伯人用一副彈簧，裝在小動物的屍體裏，鱷魚吞了下去，肉塊消化後，彈簧立即彈開，撐住牠的肚子，於是拖到岸上，用矛刺死。阿拉伯人獵取牠，一是為報仇，一是想吃牠的肉。

中國的揚子鱷並不如此兇惡，常為人捉到，不會吃人。古書上說，鼉肉很美，白如雞，大概是美洲的那一種。

非洲人用彈簧，那是現代的事情，韓愈文中說「操強弓毒矢」，也因為人無法走近牠，不能用刀劍。但鱷魚的皮不同於人的肌肉，箭矢如何穿透？

總之，潮州曾經有過兇惡的鱷魚，韓愈想驅逐牠，但潮州鱷魚的絕跡卻不是韓愈文告的力量。好多動物的聚散存亡，就連專家們也不容易說得清楚。

註釋

1 惡溪：即廣東韓江。韓愈《潮州刺史謝上表》：「過海口，下惡水。」即此。

2 這裏的「移」指移文，猶言檄文。但王安石對韓愈本人原是不滿的。

在潮州吃蝦蟆

宋代詩人梅堯臣，在饒州知州范仲淹的宴會上，有客人談到了河豚魚，堯臣便作了一首五古，其中有這樣四句話：「退之來潮陽，始憚餐籠蛇。子厚居柳州，而甘食蝦蟆。」

韓愈是河南河陽（今孟縣）人，昌黎是他郡望。到潮州後，嘗過許多海產水族，如鱟、蠔、蒲魚、章舉（章魚）、馬甲柱（江瑤柱）等。他起先有些害怕，但自以為南來是「御魑魅」，便硬着頭皮吃下，吃後身心燥熱，面上紅得出汗。可是看到了蛇，因為形狀實在太猙獰，就不敢吃了。在《初南食飴元十八協律》中說：「唯蛇舊所識，實憚口眼獰。開籠聽其去，鬱屈尚不平。」這其實是心理的刺激作用，因為蛇味本身很鮮美，蛇卻是可怕之物，不光是由於形狀。有的人愛吃鱔魚而怕吃蛇肉，愛吃甲魚而不吃龜肉，也是食慾受到心理的抑制。就形狀來說，還有甚麼比蟹更可怕的呢？所以，第一個吃蟹的人，實在是很有膽量的。

梅詩的前兩句，便是用這首韓詩的典故，接下兩句，由韓及柳，但柳宗元的食蝦蟆詩，已經佚失了[1]，現在能夠作依據的是韓愈寫的一首。梅詩這兩句，可能也是從韓詩轉用。從現存韓柳文集看，韓愈直接寫給柳宗元的詩就是這一首，柳直接寫給韓的只有兩封信，沒有詩。韓詩篇名為《答柳柳州食蝦蟆》，可見柳宗元曾食過蝦蟆。稱為「柳柳州」，是因為柳宗元當時任柳州刺史，古人有此種稱呼。

蝦蟆雖水居，水特變形貌。強號為蛙蛤，於實無所校。雖然兩股長，其奈脊皴皰。跳躑雖云高，意不離濘淖。鳴聲相呼和，無理只取鬧。周公所不堪，灑灰垂典教。我棄愁海濱，恆願眠不覺。叵堪朋類多，沸耳作驚爆。端能敗笙磬，仍工亂學校。雖蒙句踐禮，竟不聞報效。大戰元鼎年，孰強孰敗橈？居然當鼎味，豈不辱釣罩？余初不下喉，近亦能稍稍。常懼染蠻夷，失平生好樂。而君復何為，甘食比豢豹。獵較務同俗，全身斯為孝。哀哉思慮深，未見許回棹。

蝦蟆即蛤蟆，也作青蛙和蟾蜍的統稱。蟾蜍俗稱癩蛤蟆，背面多呈黑綠色，有大小不等的瘰疣。這首詩中寫的是癩蛤蟆。

第二句「水特」之「水」有的本子作「未」，意思是蝦蟆雖居水中，形貌的醜陋不會因此而改變，即使勉強改為「蛙蛤」的名字，於實際並無分別[2]。韓愈在《初南食貽元十八協律》中也說：「蛤即是蝦蟆，同實浪異名。」這裏的蛤指蛙類，非蛤蜊，清李調元《南越筆記》卷十一：「蛤生田間，名曰田雞。」所以叫田雞，也因蛙味鮮美。

下面六句，都是一揚一抑：兩腿雖然長，背上卻有皴皰。跳雖然跳得高，卻離不開泥濘，也便是說，你也只會在爛泥堆中跳跳蹦蹦罷了。鳴聲雖此起彼和，實是無理取鬧。無理取鬧這句成語，現在還在用，最早便是這位韓文公創說的。又如不平則鳴、痛定思痛、冥頑不靈、面目可憎、牢不可破、大放厥詞、百孔千瘡等，也都是他文中最早使用而已成為後人沿用的成語，所以在語言藝術上，韓愈也是很有貢獻的。

《周官》即《周禮》，舊説是周公所作。《周禮．秋官》記蟈氏（官名）掌管除滅蛙類動物之職，因為蛙聲聒噪，擾人雙耳，便在秋天用不開花之菊燒成灰，撒到蛙身上，蛙便死了。韓愈認為這樣做就是聖人在佈施教化。用今天的昆蟲學眼光看，倒是聖人在消滅益蟲，助長害蟲了。

韓愈此詩，作於元和十四年（八一九）謫潮州時，所以接下來說：我已被棄而憂愁於海濱，只希望常常睡大覺而不醒來，實在吃不消那些癩蛤蟆呼朋引類的侵擾，耳朵被驚吵得爆炸似的，害得我既不能聽音樂，又不能出書聲。當初越王句踐伐吳時，要求士兵拚命，不怕死，見了怒蛙，便致敬禮，隨從的人覺得奇怪，句踐說：「為其有氣故也。」蛙有氣憤，故而發怒，越國也有氣憤，大家應該以蛙為榜樣，為越國出氣雪憤。可是蛙只會發怒，卻未曾向越王報效。漢武帝元鼎五年秋天，群蛙和蝦蟆相鬥，原是同類相殘，孰勝孰敗，至今誰也不知道。這幾句都是寫蛙之蠢鈍無知，現在居然當作上等美味，豈非使捕捉牠們的籠罩也感到委屈？所以他起先不想吃，後來隨俗浮沉，稍稍吃一些，又怕為此而沾染蠻夷習氣，損壞了平生的嗜好習慣。在韓愈那個時代，潮州等地是被看作南蠻地區的。

全詩到「而君復何為，甘食比豢豹」兩句，才接觸到詩中的主人公。由於兩人同謫海南，這兩句實有同病相憐之意，即是把食蝦蟆作為被棄逐的象徵，不到這潮州、柳州，怎會嘗此異味？蘇軾在嶺南作的「日啖荔枝三百顆，不辭長作嶺南人」

的名句，也是含牢騷之意。

「豢豹」之「豹」指豹胎，古人看作和熊掌一樣名貴，枚乘《七發》曾有「豢豹之胎」語，可見柳宗元原詩中必有稱讚蝦蟆的話。

「獵較」指出獵時爭奪禽獸，《孟子．萬章下》：「魯人獵較，孔子亦獵較。」韓愈的意思，既然風俗如此，要吃蝦蟆也只好吃了，但必須自愛自重，才能對得起撫養我的父母，這是用《禮記．祭義》的「父母全而生之，子全而歸之，可謂孝矣」的典故，意思是希望自己仍能保全完整的身心，但因兩人遠處海南，恐怕未必能返棹回去。這一年十月，柳宗元果真歿於柳州了。

這首詩原是遊戲之作，也表現了韓愈的好奇性格，同時借此發洩自己的抑屈之氣，其實和越王句踐時的怒蛙一樣：「為其有氣故也。」在考察韓柳交誼史上，卻是很重要的資料，因為這以後，便是臨到韓愈為亡友寫祭文和墓誌銘，「哀哉思慮深，未見許回棹」，不幸也成為沉痛的讖語了。

註釋

1 章士釗在《柳文指要》中推測：柳宗元大概不以韓愈為典型詩人，無意與韓唱和，所以柳集中並無一詩與韓有關。韓集中那首《答柳柳州食蝦蟆》，柳詩原作，至今所以找不到，是柳宗元故意「抹去其先發之作」。章氏這一推論似太離奇。

2 「水（未）特變形貌」，這一句第一字略頓，下四字連讀，就像下文「失平生好樂」句一樣。

花王與花相

芍藥（勺藥）之名，先秦時已有了，《詩經．鄭風．溱洧》：「維士與女，伊其相謔，贈之以勺藥。」可見當時青年男女，用芍藥作為調情的媒介。芍藥之根可入藥，故以此得名，古詩中用單字的「藥」，有時便指芍藥。如謝朓《直中書省》的「紅藥當階翻，蒼苔依砌上」，許渾《經丁補闕郊居》的「風吹藥蔓迷樵徑，雨暗蘆花失釣船」，都是指芍藥。

芍藥和牡丹很相似，枝葉比牡丹狹長，結子比牡丹小。芍藥屬草本，牡丹入木本，古書中說的木芍藥即指牡丹。後人也稱芍藥為小牡丹，又稱牡丹為花王，芍藥為花相。唐代的牡丹盛於長安，宋代的牡丹盛於洛陽，芍藥則盛於揚州。揚州的芍藥品種，最初以龍興寺等四個寺院最優良，後來民間用厚賂求得其種，於是超過了僧寺。芍藥又有一個婪尾春的別名，因為唐代宴飲時稱末座之酒為婪尾酒，芍藥是殿春之花，所以有這個別名。

牡丹雖為花王，享名卻遲於花相的芍藥，六朝詩文中也很少見，謝靈運曾說永嘉竹間多牡丹，今越花不及洛花遠甚。有人說，這仍是指芍藥，當時盛開於吳越間。《太平御覽》藥部七有芍藥，百卉部無牡丹，《藝文類聚》也是這樣。到了唐宋，牡丹才始為人推崇，但杜甫詩沒有詠牡丹的，李白則以牡丹比喻楊貴妃，即是著名的「雲想衣裳花想容」三首《清平調》。由唐至宋，芍藥的聲色便因牡丹而減斂，屈居於相位了。

錢仲聯《韓昌黎詩繫年集釋》，第一首就是《芍藥歌》，因為結末有這樣四句話：「一樽春酒甘若飴，丈人（指王司馬）此樂無人知。花前醉倒歌者誰？楚狂小子韓退之。」朱熹以為是韓愈年輕時所作，王元啟因詩中「辭語拙嫩，不類公文」，認為「蓋出晚唐人偽託」。辭語拙嫩是事實，是否偽託，沒法確說，卻使我想起了《紅樓夢》中《憨湘雲醉眠芍藥裀》那一回：「果見湘雲臥於山石僻處一個石櫈子上，業經香夢沉酣，四面芍藥花飛了一身，滿頭臉衣襟上皆是紅香散亂。手中的扇子在地下，也半被落花埋了，一群蜜蜂蝴蝶鬧嚷嚷地圍着，又用鮫帕包了一包芍藥花瓣枕着。」曹雪芹當然不是受韓詩的影響，但芍藥花似乎和醉人有特別的緣份，使文士增加狂態，閨秀添上憨趣。

韓愈還有一首用近體寫的《芍藥》：

浩態狂香昔未逢，紅燈爍爍綠盤龍。覺來獨對情驚恐，身在仙宮第幾重？

第一句浩態狂香用字奇特，第二句紅燈綠盤龍形容紅花綠枝葉。這首詩當為元和十年（八一五）作。這時韓愈知制誥，在宮禁中當值，所以末句有富貴氣，也流於俗調。倒是他的七律《戲題牡丹》，雖作於同年，卻值得欣賞：

幸自同開俱隱約，何須相倚鬥輕盈？陵晨並作新妝面，對客偏含不語情。雙燕無機還拂掠，遊蜂多思正經營。長年是事皆抛盡，今日欄邊暫眼明。

一二兩句意謂，因為好多株牡丹同開，自遊是幸事，各花之間因而隱約難以分辨，又何必憑恃其輕盈之態來相鬥呢？這句或有諷喻意味。三四兩句，寫曉妝之後，見人而又脈脈不語，不語正反襯含情之深婉。五六兩句寫遊賞者之多，但雙燕別無機心（意圖），只是拂掠而過，遊蜂卻是蓄意要採蜜。七句的「是事」猶言「事事」，歸結到自己，意謂近年來甚麼都不關心（與「雙燕無機」相應），只有今天到了花欄邊，才使雙眼明亮。黃叔燦說：「公七言長句，難得如此風情。」意思是，在韓愈的七言古風中，很少有這種風情的。張鴻說：「昌黎以不着色為體格，此等詩皆其獨到處也。」這都說得對，比上述那首《芍藥》詩味就強得多。

柳宗元也寫過一首《戲題階前芍藥》的五古：

> 凡卉與時謝，妍華麗兹晨。欹紅醉濃露，窈窕留餘春。孤賞白日暮，暄風動搖頻。夜窗藹芳氣，幽臥如相親。願致溱洧贈，悠悠南國人。

這首詩作於謫永州時，寓意是借芍藥以洩怨恨。大意是：凡卉凋謝，唯有芍藥還能保持其姿色，清早發出光澤，到夜間還留餘香。詩人在日暮的暖風搖動中，不禁引起孤芳自賞之感。「願致溱洧贈」即用《詩經．溱洧》語意，意謂他很想將它送給遠方的友人，只因身處迢遙的南國，未能遂此心願，徒興悠悠之嘆。

章士釗《柳文指要》下冊云：元裕之（好問）曾選花卉詩九首，以宗元此詩為第一，並請趙秉文共作一軸寫之，自題其後云：「柳州怨之愈深，其辭愈緩（婉轉），得古詩之正，其清新婉麗，六朝辭人少有及者。」姚薑塢（姚範）《援鶉堂筆記》卻不同意元好問的論點，以為說得膚淺，「且芍藥之作，亦平平耳，而言六朝少及」。章氏則很不滿姚說：桐城派除姚惜抱（姚鼐）外，無能詩者，薑塢之學，雖為惜抱所自出，而論詩似強作解人。「況桐城從來不喜柳文，工夫不及柳詩深詣，自可想見，『芍藥之作，亦平平耳』，詩因有薑塢所號為平平處，自形其高。」

桐城派的古文雖得力於唐宋古文，但桐城派能詩的確實極少，不過姚範說宗元芍藥詩平平，也還公允。柳詩有寄託，並不深刻。章氏於宗元很愛重，對此詩未免偏愛。好在宗元原詩尚在，大家看了，不難理解。

落齒的哀樂

韓愈的狀貌怎樣？也許是讀者想要知道的。

沈括《夢溪筆談》卷四有一段很有趣的記載：後世所畫的韓愈肖像，都是小面而美髯，戴紗帽，其實這是五代時江南韓熙載。熙載謚文靖，江南人稱為韓文公，因而不少人以為是韓愈像。韓愈的原貌是肥而寡髯。北宋元豐中，以韓愈配祀孔廟，於是郡縣所畫，都以韓熙載的像來代替了。胡道靜《校證》並附二韓畫像對照，又加按語說：「南薰殿舊藏《聖賢畫冊》中韓愈像，依舊是小面而美髯，着紗帽，以與傳為五代顧閎中的《韓熙載夜宴圖》相核對，容貌正和韓熙載酷肖，可知這個錯誤從北宋一直沿襲下來。若無沈括的這條辨證，竟無從糾正這個錯誤了。」

沈括為北宋仁宗時人，韓熙載為五代南唐時建官，工書畫，《筆談》所謂江南，即指南唐。沈括去南唐未遠，所言當可相信。

這裏我們還可作個小小的補充：韓愈的牙齒，很早就殘缺了。

他的名篇《祭十二郎文》中說：「吾年未四十而視茫茫，而髮蒼蒼，而齒牙動搖。」又說，到了貞元十九年（時年三十六），「蒼蒼者或化而為白矣，動搖者或脱而落矣。」他的《寄崔二十六立之》也說：「所餘十九齒，飄飄盡浮危。」《進學解》說：「頭童齒豁。」《五箴》說：「齒之搖者日益脱。」他只活到五十七歲，牙齒已經殘落到這個地步，當時沒有鑲牙術，一定很狼狽。《進學解》中說：「周誥殷盤，佶屈聱牙」，他在教授這些先秦文章時，更加結結巴巴了。

除了上引這些零星的詞句外，他還以《落齒》為題材[1]，專門寫了一首五言古詩：

> 去年落一牙，今年落一齒。俄然落六七，落勢殊未已。餘存皆動搖，盡落應始止。憶初落一時，但念豁可恥。及至落二三，始憂衰即死。每一將落時，凜凜恆在己。叉牙妨食物，顛倒怯漱水。終焉捨我落，意與崩山比。今來落既熟，見落空相似。餘存二十餘，次第知落矣。倘常歲落一，自足支兩紀。如其落並空，與漸亦同指。人言齒之落，壽命理難恃。我言生有涯，長短俱死爾。人言齒之豁，左右驚諦視。我言莊周云，木雁各有喜。語訛默固好，嚼廢軟還美。因歌遂成詩，持用詫妻子。

這首詩可能也是貞元十九年（八零三）作的。詩中先寫落齒的過程，後來越落越多，便產生恐懼心理。「叉牙」和「顛倒」都是形容牙齒的歪斜動搖。當時已有用嫩樹枝刷齒的風俗，但像韓愈那樣的牙齒，未必能用，只好以水漱口，又因搖動得利害，用水漱也會感到疼痛，使他害怕。這些叉牙顛倒的牙齒，還是無情地捨他而去，心境就像山崩一樣。

以上寫過去落齒的經過，下面轉入現狀：現在已經見怪不怪，落掉一顆不過和過去一樣，留下來的二十餘顆，遲早會逐漸脱落。如果一年落一顆，還可支持二十四年（古代以十二年為一紀），如果一下子落光，那和逐漸脱落還不是一樣？「人言齒之豁」四句，是説牙齒殘缺了，即使不死而活着，人家見了也會驚異的，詩人即以《莊子．山木》篇中的木與雁來譬解：莊子看到伐木者只伐大木不取旁邊的樹木，乃問伐木者，答道：「無所可用。」莊子説：「此木以不材得其天年。」他又作客於友人家中，友人命僕童殺雁餉客。雁有兩隻，一能鳴，一不能鳴。僕童問主人殺哪一隻？主人説：「殺不能鳴者。」木因有用而被伐，雁因不能鳴而喪命，可見有用與無用都有好處，韓愈的原意只想説不中用之可喜，聯繫到牙齒的脱落，説話容易錯誤，那就索性沉默不説話。吃東西也是這樣，牙齒殘缺了，就揀人家不要吃的軟爛東西，味道還更加鮮美。這當然是在發牢騷，和他《秋懷》詩的「佶屈避語穿」一樣，他在《送窮文》中說的「轉喉觸諱」，也是對當時言者有罪那種局面的反射。

此詩在韓詩中並非名篇，也不為後人重視，但有兩點值得我們注意，一是韓愈素以道統相標榜，在詩文中，卻常以詼諧風趣的筆調，娓娓地抒寫身邊瑣事，連牙齒的脱落也用專題來寫，還要以此逗弄太太和孩子。朱彝尊説他寫得真率痛快，正是昌黎本色。

二是這是一首散文化的詩，也是韓詩中「以文為詩」的典範。語言通俗明白，其典故只用了一個《莊子》中的故事。全詩由生理上的衰退，寫到心理上的起伏，其中患得患失的心理，又與韓愈的平生合拍，最後以情緒上的牢騷結束，也只寥寥二語。但他雖明知道語默的好處，還是情不自禁地要説上兩句。

韓愈的「以文為詩」的特點，後人褒貶不一，這裏只舉現代兩位權威學者來説。陳寅恪《論韓愈》説：「退之以文為詩，誠是確論；然此為退之文學上之成功，亦吾國文學史上有趣之公案也。……既有詩之優美，復具文之流暢，韻散同體，詩文合一，不僅空前，恐亦絕後。」陳氏並以為「後來蘇東坡、辛稼軒之詞亦是以文為之，此則效法退之而能成功者也」。這是完全肯定的態度。

胡適《白話文學史》對韓愈頗有貶詞，但他對韓愈「作詩如説話」的創作方法，還是很推崇，說韓愈「一掃六朝初唐詩人扭扭捏捏的醜態」。又說，「他並不是沒有作白話新詩的能力，其實他有時做白話的詼諧詩也很出色」，並舉韓愈《贈劉師復（服）》為例：

羨君齒牙牢且潔，大肉硬餅如刀截。我今牙豁落者多，所存十餘皆兀䠒。匙抄爛飯穩送之，合口軟嚼如牛呞。妻兒恐我生悵望，盤中不飣栗與梨。只今年才四十五，後日懸知漸莽鹵。朱顏皓頸訝莫親，此外諸餘誰更數？

這首詩與《落齒》有很多共通之處，只是這時殘存的牙齒已由二十餘顆減到十餘顆了。按照胡氏對《贈劉師復（服）》的評價，《落齒》的白話文學的色彩就更加顯著，清代的查慎行在《十二種詩評》中就說《落齒》「曲折寫來，只如白話」。

註釋

1 落齒，一作「齒落」。

儒釋之交

韓愈和柳宗元在對待佛教態度上極不相同，韓辟佛而柳好佛。韓愈為此而對柳宗元不滿，還責備他與和尚交朋友。宗元不服，申明自己所以愛好佛學，是由於佛教徒不愛官，不爭能，樂山水而嗜安閒，又由於自己最痛恨那些為追求官印而相互傾軋的人，所以愛與和尚交朋友。這篇文章題目為《送僧浩初序》，實際是跟韓愈在開筆戰。

韓柳在對佛教上的是非，說來話長，可是與僧人交遊一事，韓愈本人恰好自相矛盾，只要翻一翻韓愈集子，就可以看到他和僧人交遊的興趣大極了。

潮陽靈山有個大顛和尚，韓愈謫貶到潮州時，寫了三封信給大顛，信中對大顛的道德學問頗為推崇，邀請他過來談心。因為韓愈是以辟佛聞名的，有的人就說這信是假的，有的人說這只是私人交往，並不能以此證明韓愈已由辟佛而變為信佛。這一公案，自宋以來，聚訟紛紜，各執一詞。也因為韓愈在後人心目中已成為一個偶像，所以不能使他的言行有任何矛盾。

其實這也容易理解：韓愈是一個不甘寂寞的人，這時局促海濱，百無聊賴，無可談之人，聞得大顛很有學問，因而想交個朋友，但並不想由此皈依釋氏也是事實。信仰上的分歧，並不影響學問上的切磋。話雖這麼說，到底令人奇怪，這樣一個堅定的與佛為仇的人，卻為一癡僧而顛倒，再而三地寫信邀請。

退一步說，即使這三封信是假的，那麼，還有他《送僧澄觀》、《送惠師》、《送靈師》、《聽穎師彈琴》等好多首詩。

唐宋兩代，披袈裟的詩人很多。《全唐詩》收錄的詩僧就有一百餘個，其中以皎然與靈澈尤為方外的詩壇宗主。

靈澈本姓湯，字源澄，生於會稽，和文士多有往來。德宗貞元間至京師長安，被人捏造蜚語激動中貴人（皇帝寵信的宦官），因而流徙汀州（今屬福建），曾有「舊交容不拜，臨老學梳頭」語，似至汀州後曾經蓄髮。元和十一年卒於宣州。

靈澈為甚麼被人捏造蜚語，史料上沒有明說，但韓愈的《送靈師》中有這樣一段：

靈師皇甫姓，胤冑本蟬聯[1]。少小涉書史，早能綴文篇。中間不得意，
失跡成延遷。逸志不拘教，軒騰斷牽攣。圍棋鬥白黑，生死隨機權。六博
在一擲，梟盧叱迴旋。戰詩誰與敵，浩汗橫戈鋋。飲酒盡百盞，嘲諧思逾
鮮。有時醉花月，高唱清且綿。四座咸寂默，杳如奏湘弦。尋勝不憚險，
黔江屢洄沿。瞿塘五六月，驚電讓歸船。怒水忽中裂，千尋墮幽泉。環回
勢益急，仰見圜圜天。投身豈得計，性命甘徒捐。浪沫蹙翻湧，漂浮再生
全。同行二十人，魂骨俱坑填。靈師不掛懷，冒涉道轉延。開忠二州牧，
賦詩時多傳。失職不把筆，珠璣為君編。強留費日月，密席羅嬋娟。……
材調真可惜，朱丹在磨研。方將斂之道，且欲冠其顛。

這是說，靈澈為人，極為放蕩，不受拘束，能下棋，博戲（像現在打雀牌），博弈時氣勢高漲。酒量極大，酒後常嘲弄人家。逢到花月良宵，便引吭高歌，旁若無人。尋勝探險，膽大包天。急流奔湧，船隻傾覆，同行二十人都葬身水窟，他卻滿不在乎，還要冒險前進。蜀中的開州刺史趙次、忠州刺史李吉甫因謫貶而停筆，卻為這個和尚而賦詩，還強留好多日子，設宴招待，酒席中竟有美女。鄰近的地方

官員，也紛紛邀請前去歡聚。下面「材調真可惜」四句的意思是：這樣的人才成為僧侶，太可惜了，所以企圖用儒道來收斂他放蕩的性格，並且在他頭頂戴上儒生的帽子，也便是要他還俗。後人即由此推斷，韓愈所以和靈澈結交，就是欲使他由佛返儒。

韓詩中塑造的靈澈形象，自然有些誇張，但還是以他本人的性格和行動為依據的，那麼，這樣的出家人，引起別人的妒忌也是很自然的，招搖撞騙之類的罪名就可以隨意加上去。

但靈澈確實是一個很有學問的詩僧，劉禹錫童年時，便向他和皎然受學，他們還讚許禹錫「孺子可教」，後來又寫了一篇《澈上人文集紀》。其他如劉長卿、張祜、呂溫等也作詩相贈。《唐詩三百首》收有劉長卿的《送靈澈》和《送上人》，後一首云：「孤雲將野鶴，豈向人間住？莫買沃洲山，時人已知處。」前兩句，與張祜《寄靈澈》的「獨樹月中鶴，孤舟雲外人」用意近似，後兩句意思是：如果你要隱居禮佛，就不要到沃洲山那樣的名山去，這會讓人們知道你的居處而來尋訪你，就無法安下心來了。

靈澈逝世後，柳宗元曾寫過輓詩，《韓漳州書報澈上人亡因寄二絕》之二云：

「頃把瓊書出袖中，獨吟遺句立秋風。桂江日夜流千里，揮淚何時到浙東。」韓漳州指韓泰，也是八司馬之一，可見他後期和王叔文集團頗有友誼，呂溫謫道州時，也有戲贈之作：「僧家亦有芳春興，自是禪心無滯境。君看池水湛然時，何曾不受花枝影？」這也見得靈澈平時脱略任性，所以呂溫才會戲弄他。

現在收錄於《全唐詩》的靈澈詩，只有十六首，大都是出家人詩，無煙火氣。但第一首的《聽鶯歌》則有感諷意味，不知是否為哀惜柳宗元等人的謫貶？最為人稱誦的是《歸湖南作》：「山邊水邊待月明，暫向人間借路行。如今還向山邊去，只有湖水無行路。」末兩句似是説，江湖不如山林之可歸宿。

註釋

1 劉禹錫《澈上人文集紀》説靈澈「本湯氏子」，韓愈這句詩卻説複姓皇甫。

披袈裟的樂師

昵昵兒女語，恩怨相爾汝。劃然變軒昂，勇士赴敵場。浮雲柳絮無根蒂，天地闊遠隨飛揚。喧啾百鳥群，忽見孤鳳凰。躋攀分寸不可上，失勢一落千丈強。嗟余有兩耳，未省聽絲篁。自聞穎師[1]彈，起坐在一旁。推手遽止之，濕衣淚滂滂。穎乎爾誠能，無以冰炭置我腸。

《聽穎師彈琴》

這又是韓愈為僧人而作的詩，可見韓愈與方外人結交之多。時間當在元和十年（八一五）被讒降職時。

唐代是詩歌的黃金時代，音樂也進入豐收季節，有的是域外傳入，有的是傳統古樂。唐代的一部份詩歌，就像宋代的詞，都是入樂歌唱的，所以詩歌和音樂結合在一起。這首詩，則是詩人聽完琴聲之後作為專題來寫的。音樂只能依靠聽覺來接受，可是在這首詩中，卻有可見性的形象，其中有人物，有自然界，有飛禽，所以也是音樂文學史上一篇代表作。

也因為文學藝術的發達，在方外人中，不但有披袈裟的詩人，也有披袈裟的樂師，李白的《聽蜀僧濬彈琴》，便是寫這位四川和尚琴藝的高超，揮手之間，就使李白如聞萬壑松聲。

韓詩一開頭，即直接寫琴聲：先是輕柔細弱，繼而激昂高亢，後又返回柔境中，浮雲柳絮在闊遠的天地間飛揚，成為泛聲，由泛聲而聯想到百鳥喧啾，由百鳥而引出孤鳳獨鳴。前者是擴散，後者是收斂，音愈收而愈斂，如高空孤鳳的一落千丈。《琵琶行》中的大弦小弦至鐵騎突出一段，也是寫樂聲的翻覆多變。韓、白都是詩人，樂聲中也有文心詩境的搖曳迴盪。

寫琴聲實際是寫穎師琴藝的靈活巧妙，即所謂借賓定主。後面一段，自謙對音樂本是外行，但聽了穎師的琴曲，不覺感動起坐，悲從中來，甚至要穎師不再彈下去，免得使冰炭同時安置在自己胸中。冰與炭是不相容的對立物，這裏借喻忽冷忽熱、悲喜不定的感觸，和《琵琶行》的「江州司馬青衫濕」是同一意思，又是對穎師與琵琶女技藝側面的讚賞。

李賀與韓愈同時，他也寫過《聽穎師彈琴歌》。當時他在病中，聽到琴聲，不覺為之起坐，李詩末兩句說：「請歌直請卿相歌，奉禮官卑復何益？」李賀的官職是奉禮郎，是個小官，所以詩的意思說：您如果要增加聲價，就請王公卿相作詩來讚美您，我這個奉禮郎對您有甚麼幫助呢？長吉是個短命詩人，詩卻多憤世之辭。他歿於元和十一年，聽琴時或許患病已久了。

詩無聲而琴有聲，琴聲的激昂處如同人的呼喊，低抑處如同人的悲訴，皆是人的感情自然直接的發洩，連神經系統也會受到震動，發生共鳴，只是在詩人身上，敏感性也最強。世上沒有萬能的藝術家，藝術家的感應神經卻自有他高出於凡夫的地方。

據蔡絛《西清詩話》，歐陽修曾問「琴詩孰優」？蘇軾即以韓詩答之。歐陽修說：「此只是聽琵琶耳。」後人也有為韓詩辯白的，也有以為歐公不會說這種話，是蔡絛捏造的。這問題留待後面再說，現在先談談這一點：琴聲和琵琶聲在聽覺上固有區別，寫到紙面上倒是很困難，因為兩者都是用弦索為樂器，憑指頭來彈弄，詩人只能從它的節奏音調上來渲染，但這又很抽象，於是用種種比喻來體現，卻無法使讀者的聽覺起辨別作用。《琵琶行》中寫的種種聲音，如果改為琴聲也未嘗不可。前人說韓詩「失勢一落千丈長」不像琴聲，但白詩的「鐵騎突出刀槍鳴」，也何嘗像琵琶聲？不管彈得怎樣激昂。詩人為了使樂聲能在筆下傳播，通過藝術上的誇張和想像，使讀者的聽覺能隨視覺喚回，耳眼同獲快感，在詩人已經用盡匠心了。

把音樂的真實的原始的聲音用文字重現，本不容易。《管子．地員篇》：「凡聽徵如負豬豕，覺而駭，凡聽羽如鳴馬在野，凡聽宮如牛鳴窌中，凡聽商如離群羊，凡聽角如雉登木以鳴，音疾以清。」他用五種動物的叫聲比作宮、商、角、徵、羽五個音階的不同，而這叫聲又是在特定的場合下，在他確實是煞費苦心，可是讀者仍覺模模糊糊。嵇康是精通音樂的，他的《琴賦》也是音樂文學史上的重要作品，方世舉曾把韓詩中的「昵昵兒女語」，比作嵇賦的「或怨嫿而躊躇」，把「勇士赴敵場」，比作「時劫掎以慷慨」，把「浮雲柳絮無根蒂」，比作「忽飄颻以輕邁」和「若眾葩敷榮曜春風」，即使在古漢語很有基礎的老先生讀來，恐怕仍感到如入迷宮。換言之，捕捉聽覺上的變化要比捕捉視覺上的更困難，後人在白居易、韓愈等這些詩中，所欣賞的還是那些形象的力量。

回頭再說歐陽修對蘇軾說的話究竟虛實如何，這可以用蘇詞《水調歌頭》來作證，詞前有一小序：歐陽修問蘇軾琴詩何者最善？蘇軾以這首韓詩答之。歐說：「此詩固奇麗，然非聽琴，乃聽琵琶詩也。」蘇深然之。後來吏部郎中章楶（質夫）家有個善彈琵琶的樂師，請蘇軾作首歌詞，於是便取韓詩「稍加櫽括」，使其入樂以相贈。蘇詞的原文是：

昵昵兒女語，燈火夜微明。恩怨爾汝來去，彈指淚和聲。忽變軒昂勇士，一鼓填然作氣，千里不留行。回首暮雲遠，飛絮攪青冥。

眾禽裏，真彩鳳，獨不鳴。躋攀寸步千險，一落百尋輕。煩子指間風雨，置我腸中冰炭，坐起不能平。推手從歸去，無淚與君傾。

從這首詞看，歐陽修是說過非聽琴而為聽琵琶這話的，後人也有不同意的，但他要求文學作品必須確切地表現鮮明的特徵，不可使琴聲和琵琶聲混同，這一點還是對的。《西清詩話》又記蘇軾《聽惟賢琴》的「大弦春溫和且平，小弦廉折亮以清」兩句，僧人義海批評説：「絲聲皆然，何獨琴也。」即因蘇詩只寫共性，未寫個性。至於這首《水調歌頭》，蘇軾原是應章楶之請湊成詞曲，使之歌唱，在書面上卻沒有多大的欣賞價值。

註釋

1 潁師，一作「潁師」。

兩個滑稽人物

滑稽一詞的原義，前人頗多考證，現在泛指令人發笑的言行或事件，也即詼諧之意。司馬遷《史記》專門列有《滑稽列傳》，後來褚少孫又作了補充。傳中的人物，大都口齒伶俐、才思敏捷、性格傲慢，又有文化素養，所以也多是宮廷清客，但從今天的眼光看，他們的事跡其實沒有甚麼特別可笑之處，褚少孫甚至把西門豹也列為《滑稽列傳》，前人已有非議。

在滑稽人物中，東方朔是著名的一個。他是漢武帝時齊國人，很有學問，後來成為民間化人物，把他看作古代的笑匠。南北朝時，還託他的名，偽撰《神異經》、《海內十洲記》。《漢武故事》中又記他偷過王母的三千年結子的桃子，揭發這一秘密的是東郡所獻的矮人，倒像孫悟空的大鬧天宮。柳宗元《摘櫻桃贈元居士》也有「蓬萊羽客如相訪，不是偷桃一小兒」語。

韓愈曾經寫過一首《讀東方朔雜事》：

嚴嚴王母宮，下維萬仙家。噫欠為飄風，濯手大雨沱。方朔乃豎子，驕不加禁訶。偷入雷電室，輷輘掉狂車。王母聞以笑，衛官助呀呀。不知萬萬人，生身埋泥沙。簸頓五山踣，流漂八維蹉。曰吾兒可憎，奈此狡獪何？方朔聞不喜，褫身絡蛟蛇。瞻相北斗柄，兩手自相挼。群仙急乃言，百犯庸不科。向觀睥睨處，事在不可赦。欲不布露言，外口實喧譁。王母不得已，顏嚬口賫嗟。頷頭可其奏，送以紫玉珂。方朔不懲創，挾恩更矜誇。詆欺劉天子，正晝溺殿衙。一旦不辭訣，攝身淩蒼霞。

韓愈詠古代人物，大都依據經史，這一首卻採取小說家言。有的說是影射張三，有的說是暗喻李四，究竟實指何人，只有詩人自己明白，但他在諷刺唐代某一權貴則無疑問。我們現在姑且當作故事看，其中自有會心微笑地方。

玉山上王母娘娘的宮闈本來十分莊嚴，下面環繞的都是眾仙府邸。她們張口欠伸便成為旋風，以水洗手即化作大雨。東方朔是個野小子，居然也混跡在仙界，平日驕傲放肆卻不加以壓制，這使他的膽子更大了，竟潛入雷電房，把那轟轟作響、閃閃發光的雷車也偷走了。王母反而張開笑口，笑朔兒有本領，衛官們也隨口附和，像看到戲劇中小丑的逗耍。可是山中的仙人，哪裏知道下界成千上萬的人或身埋泥沙，或顛簸荒山，或漂流天涯。後來王母也覺得這小子很惹氣，只因狡猾詭詐，奈何不得。東方朔得知後很不高興，索性脱光衣服，身纏龍蛇，使人家不敢走近他，把主掌號令的北斗柄也奪了過來，用雙手搓弄着（意為攘奪國柄），這一來，群仙發急了，便向王母啟奏：這小子冒犯天條，豈能不予懲罰？再看看他竊竊的北斗所在地，實在罪不容赦，如果隱忍下去，不向外界宣佈，又如何堵塞喧騰的眾口？王母皺皺眉頭，嘆口氣，只得點頭照辦，卻又把紫玉的飾器送給東方朔，表示明罰暗撫，這自然不會使他儆戒，反而恃恩誇炫，洋洋自得，甚至以劉天子為可欺，在宮殿中撒起尿來，後來便不辭而別，騰空而去，誰也不知道他在哪裏？

全詩皆用小説家言，但當殿小便，卻是根據正史《漢書》：「朔嘗醉入殿中，小遺殿上。劾不敬，有詔免為庶人。」

韓愈以遊戲筆墨寫滑稽人物，「驕不加禁訶」是全書主題，詩人所要諷喻的還是那位高高在上、姑息養奸的王母娘娘。

褚少孫的補傳中，還有一個戰國時齊國的淳于髡。劉禹錫曾經寫過一首《題淳于髡墓》：

生為齊贅婿，死作楚先賢。應以客卿葬，故臨官道邊。寓言本多興，故意能合權。我有一石酒，置君墳樹前。

五六兩句意謂：寓言本多有醒世之意，古代的滑稽故事，也能給善於權謀詭計的人借鑒。

柳宗元寫了一首《善謔驛和劉夢得酹淳于先生》：

水上鵠一去，亭中鳥又鳴。辭因使楚重，名為救齊成。荒壠遽千古，羽觴難再傾。劉伶今日意，異代是同聲。

善謔驛在襄州之南，為淳于髡放鵠（天鵝）之處。齊威王曾對淳于髡說過「不鳴則已，一鳴驚人」的話。後來楚國率大兵侵齊，齊王派淳于髡向趙國求救，趙王乃給予精兵革車，楚國便引兵退去，所以柳詩說「名為救齊成」。

淳于髡的故事，最使人感興趣的是放鵠。

齊王使淳于髡獻鵠於楚國，走出城門，半途中鵠飛走了，於是拿着空籠，往見楚王說：我到了水邊，不忍鵠之口渴，放牠出來，讓鵠喝水，不想鵠乘機飛逃了。我本來想自殺，恐怕別人說大王為了鳥獸緣故，迫得士人自殺。鵠是毛物羽類，和牠相似的很多，我想另買一隻代替，又成為欺騙大王。我想逃奔他國，又將使齊楚兩國之主不相通問，因為齊王原是派我到楚國來的，所以現在特來叩頭請罪。楚王聽了大為讚揚，說：「齊王有信士若此哉！」便以財物厚賜之，淳于髡取得的比鵠在籠中時還多。

淳于髡的原意並非想逗引楚王的歡娛，而是以僥倖之心前往。這件事要說滑稽，滑稽卻在這裏：說謊的人可以獲取信士的美名，又得到厚賞，果真名利雙收。如果淳于髡老老實實地向楚王訴述鵠飛走的真相，說不定性命難保。

自然，說謊並不容易，需要高度的技巧，試看淳于髡編造的謊言，何等婉轉，何等周密，各方面都考慮到了，態度又是何等懇切卑屈，最後又認錯服罪，楚王怎會不上當呢？

這兩件故事，真正令人感到滑稽可笑的還是王母娘娘和楚國國王。

打獵與打球

汴州之亂後，韓愈乃往徐州入武寧軍節度使張建封之幕，建封任愈為節度推官（掌管勘問刑獄）。時為貞元十五年（七九九）。他寫了一首《贈張徐州莫辭酒》：

莫辭酒，此會固難同。請看工女機上帛，半作軍人旗上紅。
莫辭酒，誰為君王之爪牙？春雷三月不作響，戰士豈得來還家？

詩中的爪牙，古代都是稱武臣的美詞，猶言心腹、股肱，現代則皆含貶義。當時東南極為混亂，四方多警，卻未聞將帥出師平亂，所以韓愈借此以激勵諷喻。這當是韓愈抵徐州後為張建封而寫的第一首詩。但他在張幕中寫的最精彩之作，是《汴泗交流贈張僕射》和以下的《雉帶箭》：

原頭火燒靜兀兀，野雉畏鷹出復沒。將軍欲以巧伏人，盤馬彎弓惜不發。地形漸窄觀者多，雉驚弓滿勁箭加。衝人決起百餘尺，紅翎白鏃隨傾斜。將軍仰笑軍吏賀，五色離披馬前墮。

這首詩篇幅並不長，卻節奏緊湊，力度很強，力度強是韓詩一大特色。詩中有射者、觀射者和被射者，各有各的表情。

出獵時應是很喧鬧的，可是原頭卻顯得靜兀兀，這是獵隊到達後的實況。第一句本來是常語，用一「靜」字便妙處無窮。古人常以「鷹犬」並提，兩者都是田獵時的得力助手，鷹眼敏銳，王維《觀獵》的「草枯鷹眼疾」，即指草枯時獵物很快被鷹發現，也是傳誦的警句。野雉本已出林，見鷹而復躲藏，這是曲摹禽鳥的本能。由於野雉出沒無常，將軍便耐性伺候，卻很有命中的信心，故而盤馬彎弓卻不隨便發射。詩的神情關節不在既射之後，而在未射之際。

接下來寫獵場逐漸縮小，觀眾卻在增加，緊張擁擠之狀如在讀者眼前。曹植《七啟》論羽獵之美云：「人稠網密，地逼勢脅。」韓詩當是用其意。

雉見人多而驚，驚而飛翔，將軍使勁射去。雉驟中箭猶能衝人急起高飛，隨即負傷墮地。紅翎指羽毛沾血，白鏃指箭頭光亮，即題目《雉帶箭》的修飾詞。雉的羽毛很華麗，所以末句說「五色離披」，以「馬前墮」作結，尤顯得餘情不盡。

洪邁《容齋三筆》記蘇軾很愛此詩，以為妙絕，曾大字書之。查晚晴說：「看其形容處，以留取勢，以快取勝。」所以此詩既寫射藝，又合詩藝，後人以為與《汴泗交流贈張僕射》同工：

汴泗交流郡城角，築場千步平如削。短垣三面繚逶迤，擊鼓騰騰樹赤旗。新雨朝涼未見日，公早結束來何為？分曹決勝約前定，百馬攢蹄近相映。球驚杖奮合且離，紅牛纓紱黃金羈。側身轉臂着馬腹，霹靂應手神珠馳。超遙散漫兩閒暇，揮霍紛紜爭變化。發難得巧意氣粗，歡聲四合壯士呼。此誠習戰非為劇，豈若安坐行良圖？當今忠臣不可得，公馬莫走須殺賊。

張建封當時加檢校右僕射銜。汴水在徐州之西，泗水在徐州之南，所以說「交流」。球場用環繞的矮牆圍住，球隊分為兩隊，百馬形容賽手之多。「合且離」指球經杖擊後滾動，「紅牛」句指用牛毛染成紅纓，用黃金製成馬絡頭，霹靂是球的撞擊聲。球小如拳，以輕而韌的木頭做成，當中空腹。

「超遙散漫兩閒暇」，是說擊球後有時人馬散開，略作間歇，為下面迅奮（揮霍）激烈的爭奪做準備。由於雙方勢均力敵，發球必須發得使對手不易還擊，所以說「發難」，對手卻能以高巧的技術應接，所以說「得巧」，因而意氣風發，歡聲四起。下面四句是對張建封的規勸之詞。

中國在漢代時已有蹴鞠，略如今之足球，本為軍中習武之戲（打獵原也寓習武意義），後來便成為流行的遊戲，《水滸傳》寫高俅之踢氣球，便是蹴鞠的沿習。鞠是皮革所製，馬球是木頭所製，所以撞擊時有霹靂之聲。

韓詩寫的是騎在馬上，以杖相擊，當時名為波羅球，發源於波斯。《金史．禮志》記有金代打馬球的梗概：杖長數尺，端如偃月，兩隊共擊一球。球場南立兩柱，置以木板，下開一孔為門，加網為囊，能奪得球入網者為勝。唐代的波羅球，大致也是這樣。向達的《唐代長安與西域文明》附有明代打球圖，兩隊四人，皆騎馬上，中兩人各以杖爭擊一球。說明至明代還在流行。

唐代自太宗開始，帝王皆喜愛打球，宋晁無咎《題明皇打球圖》：「宮殿千門白晝開，三郎沉醉打球回。九齡已老韓休死，明日應無諫疏來。」這是諷刺明皇之沉湎於打球。晚唐的僖宗尤自負擅長此技，曾問優人石野豬：「朕若應擊球進士舉，須為狀元。」石答道：「若遇堯舜作禮部侍郎（禮部主管考試），恐陛下不免駁放。」這是當面諷刺球迷皇帝了。

唐代宮廷內，還教宮人打球，王建《宮詞》：「對御難爭第一籌，殿前不打背身球。內人唱好龜茲急，天子鞘回過玉樓。」頭兩句是說，因為在殿前不能打背身球，所以要爭頭籌（得勝）就很困難。背身球是背朝皇帝，所以被禁打。

古人以「內作色荒，外作禽荒」比喻人之沉湎於女色和田獵，因為遊戲過了份，自然會妨礙正事，何況是帝王將相，上述晁無咎詩及石野豬對語，即含此意。韓愈的《雉帶箭》也許已對張建封作了婉諷，第二首的勸誡之意更為明白，「公早結束來何為」，即有諷喻意。「此誠」兩句是說：這固然是習戰而非戲劇，但怎能比得上在軍營中運籌決策呢？結末四句，和《莫辭酒》有共通之處。他還寫信給建封，指出打球對馬害處很大，因為馬在球場中的動作與平時的奔馳不同。《舊唐書·韓愈傳》稱其在徐州時「發言真率，無所畏避」，想必包括這幾首詩的寫作。此詩並可與杜甫的《冬狩行》合觀，杜詩用意也是打獵不如擒戎。

張建封事後寫了一首《酬韓校書愈打球歌》，末尾說：「韓生訝我為斯藝，勸我徐驅作安計。不知戎事竟何成，且愧吾人一言惠。」他在詩中雖頗為自己辯解，但對韓愈的好意還是表示感謝。

今天，從體育史角度看，韓愈這首詩倒是很現成的資料，尤其是用詩歌寫的，更為難得。

徐州燕子樓

由張建封之鎮徐州，很自然地會想起關盼盼（一作「眄眄」）的故事。燕子樓在徐州城西北角，樓中的女主人是張尚書的家妓關盼盼。貞元十九年（八零三），白居易為校書郎，遊徐泗間，張尚書設宴歡待，並命盼盼出來相見，居易乃賦「醉嬌勝不得，風裊牡丹花」贈之。自此一別十二年，不再有信息。元和十年（八一五），司勛員外郎張仲素（繢之）來訪問他，吟其新詩《燕子樓三首》。仲素供職於武寧軍多年，所以知道盼盼始末。他說張尚書歿後，彭城（徐州）還有張氏舊宅，盼盼因念舊愛，居樓中十餘年，「幽獨塊然，於今尚在」。居易因愛仲素新作，感彭城舊遊，即以同題作了三首詩。這時他四十四歲，在長安任太子左贊善大夫。

滿窗明月滿簾霜，被冷燈殘拂臥床。燕子樓中霜月夜，秋來只為一人長。

鈿暈羅衫色似煙，幾回欲着即潸然。自從不舞霓裳曲，疊在空箱十一年。
今春有客洛陽回，曾到尚書墓上來。見說白楊堪作柱，爭教紅粉不成灰。

第三首的末兩句，是說張尚書墓前的白楊已可作柱子，紅粉佳人，又怎（爭）不憔悴老去？《唐宋詩醇》卷二三：「一唱三嘆，餘音繞樑，似此風調，雖起王昌齡、李白輩為之，何以復加。」可見評價之高。

計有功《唐詩紀事》，還說這三首是酬和盼盼之作，並引錄盼盼詩：

樓上殘燈伴曉霜，獨眠人起合歡床。相思一夜情多少，地角天涯不是長。
北邙松柏鎖愁煙，燕子樓中思悄然。自埋劍履歌塵散，紅袖香銷一十年。
適看鴻雁岳陽回，又睹玄禽逼社來。瑤瑟玉簫無意緒，任從蛛網任從灰。

白居易在詩序中只說「徐州故張尚書有愛妓曰盼盼」，沒有明說張尚書的名字，後人便以為即張建封，實是大錯。

張建封死於貞元十六年，白居易任校書郎，遊徐泗在貞元十九年，怎麼會見到張建封?說來蹊蹺,這位張尚書原來還是張建封的兒子張愔。

張建封死後,由張愔領本州留後,自貞元十六年至元和元年,控制徐州軍隊的都是張愔,卒後贈尚書右僕射,所以,那次邀宴白居易的即張愔,被居易所和的其實就是張仲素的詩,不是關盼盼寫的。

居易又作過《感故張僕射諸妓》:

黃金不惜買蛾眉,揀得如花三四枝。歌舞教成心力盡,一朝身去不相隨。

題目說「諸妓」,可見張愔家妓不止盼盼一人,後人又附會說,這詩是暗示盼盼應當為故主殉節而死,陳彥升因而有詩云:「僕射新阡狐兔遊,侍兒猶住水邊樓。風清玉簟慵欹枕,月好珠簾懶上鈎。寒夢覺來滄海闊,新詩吟罷紫蘭秋。樂天才思如春雨,斷送殘花一夕休。」未免把白居易寫得太殘忍了。居易原意,只是說張氏不於心力未盡時遣散諸妓,一旦身死之後,自不能相隨,意即徒令諸妓在家中斷送青春。

關盼盼的燕子樓故事自此即廣為後人稱道,文天祥也寫過《燕子樓》,着重於盼盼的不下樓，以「但傳美人心，不說美人色」作結，借此抒發他的孤臣孽子之心。小說戲曲尤其當作熱門題材，《警世通言》有《錢舍人題詩燕子樓》，寫盼盼得居易詩，欲墮樓自殺，被侍女勸阻而止。

韓愈曾入張建封之幕，白居易曾赴張愔之宴並為關盼盼賦詩，這也是張氏父子和文士的因緣。韓比白大四歲，兩人詩歌在語言的使用上完全不同，但長慶年間在長安時，也有唱和之作，韓愈有《早春與張十八博士籍遊楊尚書林亭，寄第三閣老兼呈白馮二閣老》：

> 牆下春渠入禁溝，渠冰初破滿渠浮。鳳池近日長先暖，流到池時更不流。

楊尚書指楊嗣復，白指居易，馮指馮宿，三人皆任中書舍人，唐代以中書舍人年久者稱閣老。鳳池指中書省所在地，近日指接近帝座。這是指楊氏林亭和鳳池相接，故見冰破而懷念三人。

白居易便作了《和韓侍郎題楊舍人林池見寄》：

渠水暗流春解凍，風吹日夜不成凝。鳳池冷暖君諳在，二月因何更有冰？

末兩句即答韓愈之問，意思是，鳳池的冷暖您應該很明白，二月裏怎麼會有冰？就詩而論，都是應酬之作，沒有多大特色。

還有一首《同水部張員外曲江春遊寄白二十二舍人》：

漠漠輕陰晚自開，青天白日映樓台。曲江水滿花千樹，有底忙時不肯來？

同遊者也是張籍，當時由國子博士遷水部員外郎。末句的「有底忙」即「怎麼這樣忙」的意思。

居易和詩云：

小園新種紅櫻樹，閒繞花行便當遊。何必更隨鞍馬隊，衝泥踏雨曲江頭。

意思是遊小園、繞花行即有佳趣，曲江車馬紛紜，何必跟在後面衝泥踏雨，自討沒趣？韓詩說「漠漠輕陰晚自開」，可見這兩天是陰雨天氣。

世傳韓白無往來之詩，自非事實，但兩人交誼並不深摯，這裏或牽及人事上的複雜關係，故而居易《久不見韓侍郎戲題四韻以寄之》有「近來韓閣老，疏我我心知」語。

韓愈死後，白居易《思舊》中有「退之服硫磺，一病訖不痊」語，說明韓愈是服硫磺而死的。這也是韓愈晚年生活的隱秘，留待後面來談。

衡岳題詩

衡岳即衡山，也稱南嶽，跨舊長沙、衡州二郡。衡山有七十二峰，以祝融、紫蓋、雲密、石廩、天柱五峰為最高，五峰各有隸屬，如朝日峝方、煙霞等隸祝融。杜甫曾有《望岳》：「祝融五峰尊，峰峰次低昂。紫蓋獨不朝，爭長業相望。」意謂紫蓋偏與祝融爭長，相峙而立，不向朝拜，寫得很風趣。不過，杜甫自己未曾上去，只是眺望，故詩中有「牽迫限修途，未暇杖崇岡」語。

貞元十九年，京畿大旱。韓愈因上書請寬民徭，被貶為連州陽山（今屬廣東）令。永貞元年（八零五）遇大赦，由郴州（今湖南郴縣）赴江陵府任法曹參軍，途中遊衡山時寫了一首《謁衡岳廟遂宿嶽寺題門樓》：

五嶽祭秩皆三公，四方環鎮嵩當中。火維地荒足妖怪，天假神柄專其雄。噴雲洩霧藏半腹，雖有絕頂誰能窮？我來正逢秋雨節，陰氣晦昧無清風。潛心默禱若有應，豈非正直能感通？須臾靜掃眾峰出，仰見突兀撐青空。紫蓋連延接天柱，石廩騰擲堆祝融。森然魄動下馬拜，松柏一徑趨靈宮，粉牆丹柱動光彩，鬼物圖畫填青紅。升階傴僂薦脯酒，欲以菲薄明其衷。廟令老人識神意，睢盱偵伺能鞠躬。手持杯珓導我擲，云此最吉餘難同。竄逐蠻荒幸不死，衣食才足甘長終。侯王將相望久絕，神縱欲福難為功。夜投佛寺上高閣，星月掩映雲曈曨。猿鳴鐘動不知曙，杲杲寒日生於東。

這首詩表現了韓愈的「橫空盤硬語，妥帖力排奡」的本色，程學恂推為韓愈七古中第一。押韻句末尾皆用三平調，如「嵩當中」、「專其雄」、「誰能窮」等（少數用平仄平），王士禛稱為七言平韻到底之正調。翁方綱《七言詩平仄舉隅》說：「少陵《瘦馬行》，平聲一韻到底，尚非極着意之作。此種句句三平正調之作，竟要算昌黎開之。」這些固然是技術問題，卻說明古人作詩肯下工夫，而後人又能鑽研賞識。一首好詩的成功，就是要從內容到形式都有特色。

開頭六句，氣象闊大，腕力壯健，頗有先聲奪人之勢。五嶽指東嶽泰山，南嶽衡山，西嶽華山，北嶽恆山，嵩山居中原河南，稱中嶽。按照古代帝王的祭典，五嶽享有爵秩至高的三公禮遇。古人以岳伯稱封疆大吏，五嶽之導，見國家對土地之重。

衡山處在南方炎荒之地，長沙素有火盆之稱，古人以為是火神祝融所治，攝位火鄉，妖魔鬼怪，須由神靈鎮扼。韓愈《送廖道士序》即說：「南方之山，巍然而高大者以百計，獨衡為宗。最遠而獨為宗，其神必靈。」

「雖有絕頂誰能窮」，托出詩人的勇氣，但他歸功於神靈的感應。神靈為甚麼會感應呢？因為《左傳》上說過「神聰明正直而壹者也」的話，其實是借此發牢騷。他是因逢大赦才到衡岳的。正直是指神，不是指他自己，但如果他做的真是錯事，正直的神明怎會保佑他？這一句是牢騷的初露頭角。

過了一會兒，果然浮雲掃盡，諸山兀立，歷歷可見，蘇軾《潮州韓文公廟碑》因而說：「公之精誠，能開衡山之雲。」詩人為此而嚴肅緊張，下馬而拜，可見他是乘馬上山的。韓愈這時才三十八歲，所以體力筆力都很壯健。汪佑南《山涇草堂詩話》說：「是登絕頂寫實景，妙用『眾峰出』領起。蓋上聯虛，此聯實，虛實相生，下接『森然動魄』句，復虛寫四峰之高峻的是古詩神境。」韓愈在山寺寫詩時只是信筆而成，但後人欣賞時卻要重視結構。總而言之，為人在世，不要亂寫詩。

詩人沿着松柏古徑來到了殿堂，只見白牆紅柱上都用彩色繪上鬼怪，隨即拿出酒食祭祀，又向神明打過招呼：菲薄的禮品，不過表表我的心意而已。

唐代制度，五嶽各設立廟令一人，正九品，掌管祭祀。「廟令老人」兩句，含詼諧意味，「識神意」其實是懂得世故，睢盱偵伺是瞪着眼睛在旁窺視，能鞠躬是善於鞠躬，這類人物和巫師差不多，韓詩這一句即曲盡其面目。

廟令不知道韓愈的身份，所以當作普通的遊客，拿出杯珓（木製或角製的卜具）教他占卜，卜時三禱三擲。詩人擲後，廟令說：只有這一卦最靈驗，別的都不能相比。

廟令信口而說，詩人卻滿腹牢騷，牢騷中表現出他的矛盾：他對現實似乎已灰心冷淡，可是內心深處仍未能忘情於王侯將相。熱中是韓愈性格上主要一面，患得患失是韓愈此詩末段的心理浮標。

最後，他到高閣上去睡覺了。前面一大段全是描寫南嶽的山景、進靈宮的動作，「夜投佛寺上高閣」，才點明題中的嶽寺。詩人睡到猿鳴鐘動，還不知天已亮了。謝靈運《從斤竹澗越嶺溪行》有「猿鳴誠知曙」句，韓詩翻用其意，仍然寓牢騷意味。

久住在喧鬧的大城市中的人，山寺之夜其實是很可流連的，特別是在秋天，風清月明，四望肅然，望着妙相莊嚴的佛像，一種隱隱的宗教感情，自會來輕叩你的心扉，精神上會得到暫時的解脱，哪怕是不持久的。

早梅詩

梅花是中國的傳統名花，花期在百花之前而又不與百花爭艷，所以能獨標高格，名列百花之首。她的故土是中國，後來引種至日本。她的栽培史至少已有三千年，並且常享高壽，長達幾百年的很多，浙江天台山國清寺一株梅花，自隋代活到現在，就有一千三百年了。

梅花的花期各地不同，最早的是廣東、台灣，次為四川、雲南、貴州，北京則遲到陽曆四月，這自然因氣候關係。又因梅花開時在冬春之交，正是下雪時候，兩者又皆白色，雪裏尋梅便成為詩人的好題材。白色之外，還有紅梅和綠梅，《紅樓夢》第四十九回《琉璃世界白雪紅梅》，那紅梅卻長在妙玉櫳翠庵中，如胭脂一般，映着雪色，引得寶玉立住，「細細的賞玩了一回方走」。

梅花的家譜見於先秦書中，但說的大都指梅實，即梅子。《詩經．召南》：「摽有梅，其實七兮」，那是說，梅子零落地上，樹上還有七成，隱喻一位女子為青春漸逝而感傷。《尚書．說命》：「若作和羹，爾惟鹽梅」，那是把鹽和梅作為調味品用，味在酸鹹之中。安徽含山縣東南有梅山，俗傳曹操望梅止渴處，即因梅子味酸而可解渴。但《小雅．四月》又說：「山有嘉卉，侯栗侯梅。」卉即花，這當是指野梅，今四川海拔一千三百米的山區，猶發現野梅。《說苑》記越國使諸發持一枝梅以贈梁王，梁臣韓子顧左右曰：「惡有一枝梅乃遺列國之君乎？」則在戰國時梅花已供賞玩了。

以五七言而寫梅花詩的，大概盛於梁、陳時，自唐至宋，尤為紛繁，取材的角度也各不相同，其中早梅一題，也很引起詩人的興趣。五代時僧人齊己《早梅》詩有「前村深雪裏，昨夜數枝開」句，鄭谷改下句為「昨夜一枝開」，使齊己大為佩服，時人稱為「一字師」。齊詩「數枝開」固然仍切早梅，但「一枝」更覺語健而意遠，也突出了這一枝在眾梅中的地位。

韓愈有《春雪間早梅》一詩：

梅將雪共春，彩艷不相因。逐吹能爭密，排枝巧妒新。誰令香滿座，獨使浮無塵。芳意饒呈瑞，寒光助照人。玲瓏開已遍，點綴坐來頻。那是俱疑似，須知兩逼真。熒煌初亂眼，浩蕩忽迷神。未許瓊華比，從將玉樹親。先期迎獻歲，更伴占茲辰。願得長輝映，輕微敢自珍？

題目的「間」為「間雜」之間，意思是春雪與早梅交錯，一彩（雪）一艷（梅），本不相因，但交錯在一起，卻助人詩情。梅花隨風雪之飛吹而開得更密了，梅枝因被排擠而有妒意。巧指枝形，新指早梅。「誰令香滿座」至「寒光助照人」都是分詠梅雪，一句一意。「玲瓏開已遍，點綴坐來頻」也是分詠，但又有連貫處。「坐來」猶言頃刻，意謂梅花已玲瓏開遍，剎那間又加上雪花頻頻點綴，這怎能不使人有疑似之心，實在因為兩者太逼真了。這一句是收分為合。

熒煌、浩蕩皆指雪，《瀛奎律髓》紀昀評云：「熒煌」二字不似雪，「浩蕩」二字更不似，「忽迷神」三字不雅。評得很對。「先期」兩句，意謂去年冬已下過雪，今年春又結伴而來。末兩句是借雪自寓：但願光輝長映，何敢自惜輕微之身。結末四句，已與梅無關。

這首詩為元和元年（八零六）韓愈任江陵府法曹參軍時為府主裴均而作，所以末兩句這樣說。韓詩的出色之作多半在古風，律詩非韓愈所長。此詩實類試帖詩，只圖着意刻劃，不能表現他的真性格，但如「逐吹能爭密，排枝巧妒新」，猶是韓詩本色。

再來看看柳宗元的《早梅》：

早梅發高樹，回映楚天碧。朔吹飄夜香，繁霜滋曉白。欲為萬里贈，杳杳山水隔。寒英坐銷落，何用慰遠客？

這是他謫永州時作，其中就有他自己的真摯感情，語言也很自然，無雕琢之跡。韓柳兩人的性格、詩風固然不同，但兩詩所以有此差別，還因彼此處境不同。韓愈在前幾年雖遭貶陽山，這時已蒙赦至江陵，宗元則猶飄零湘中，極為孤寂。第五句「欲為萬里贈」，用陸凱自江南寄梅花一枝至長安給范曄典，凱並有詩云：「江南無所有，聊贈一枝春。」事見盛弘之《荊州記》。陸凱為三國吳人，范曄為南朝宋人，時代相差很遠，學者已有懷疑，但作為熟典，沿用已久。

李商隱有一首《十一月中旬至扶風界見梅花》五律：

匝路亭亭艷，非時裛裛香。素娥惟與月，青女不饒霜。贈遠虛盈手，傷離適斷腸。為誰成早秀，不待作年芳。

這首詩是開成四年（八三九）作者調補弘農尉，赴涇元節度使幕迎家之作。詩裏沒有明說早梅，但陰曆十一月中旬已在西北的扶風界（今陝西鳳翔一帶）見到梅開，可見也是早梅，詩中的「非時」、「早秀」及末句，都是指開得早。「匝路」是繞路，「贈遠虛盈手」也是用陸凱贈詩典。

三四兩句的素娥即嫦娥，指月，青女指霜神。這是大家都知道的。但這兩句是自傷冷落不過，那麼，又怎樣理解詩人的寓意呢？

《瀛奎律髓》方回批云：「此謂梅花最宜月，不畏霜耳。添用素娥青女四字，則謂月若私之而獨憐，霜若挫之而莫屈者，亦奇。」紀昀說：「三、四愛之者虛而無益，妒之者實而有損。」周振甫《詩詞例話．詠物》不同意方回之說，卻有很中肯的解釋：素娥使月亮放出皎潔的光，這種光對梅花相宜，卻不是為了要贊助梅花，贊助的還是月亮，所以梅花實際上沒有得到贊助。霜神不因梅開而少下霜。這兩句是以梅花的遭遇，以及同月和霜的關係，比喻自己這時的處境。詠物詩固可寄託，但「寄託的話還是貼切詠物的，既是寫梅花，也是自寓，這樣的詠物，才是好的詠物詩」。可是沒有振甫先生這番解釋，方回的解釋似乎也有道理，有了周說，才體會到李商隱作詩時的隱曲心事。

夜賞李花

李花常與桃花並提，因開時都在春天。桃花紅而李花白，紅白交映，曹植《雜詩》所謂「南國有佳人，容華若桃李」，即是形容女子姿色的紅艷和白淨。

夜間賞花，古人認為也是雅事，白居易《惜牡丹花》：「明朝風起應吹盡，夜惜衰紅把火看。」王建《惜歡》：「歲去停燈守，花開把燭看。」司空圖《落花》：「五更惆悵回孤枕，自取殘燈照落花。」李商隱《花下醉》：「客散酒醒深夜後，更持紅燭賞殘花。」後人對李詩評價頗高，以為是花之知己，但從上述諸詩看，也是唐人常題。蘇軾《海棠》尤有名：

東風裊裊泛崇光，香霧空濛月轉廊。只恐夜深花睡去，故燒高燭照紅妝。

馮浩以為從商隱詩脫出，未必如此。馬位《秋窗隨筆》，評李詩勝於蘇詩：「蘇微有小疵，既『香霧空濛月轉廊』矣，何必更燒紅燭？此就詩之全體言也。」未免苛求。香霧空濛，正需高燭相照。楊慎《升庵詩話》卷一：「蓋晝午後，陰氣用事，花房斂藏。夜半後，陽氣用事，而花敷蕊散香。」也是故神其說，孟子所謂「固哉高叟」。

韓愈於元和元年（八零六）在江陵時，寫過一首《李花贈張十一署》，內容也詠晚上賞花，卻是別開生面之作：

> 江陵城西二月尾，花不見桃惟見李。風揉雨練雪羞比，波濤翻空杳無涘。君知此處花何似，白花倒燭天夜明，群雞驚鳴官吏起。金烏海底初飛來，朱輝散射青霞開。迷魂亂眼看不得，照耀萬樹繁如堆。念昔少年著游燕，對花豈省曾辭杯？自從流落憂感集，欲去未到先思回。只今四十已如此，後日更老誰論哉？力攜一樽獨就醉，不忍虛擲委黃埃。

韓愈賞花在夜間。桃花雖濃艷，經過雨淋，在暗夜中反而見不到，李花則因反光強烈而凸現。描寫光在特定條件下對人心理的刺激，這一句精彩極了。楊萬里《讀退之李花詩》前有小序云：「桃李歲歲同時並開，而退之有『花不見桃惟見李』之句，殊不可解。因晚登碧落堂，望隔江桃李，桃皆暗而李獨明，乃悟其妙，蓋炫晝縞夜雲。」並作詩道：「近紅暮看失燕支，遠白宵明雪色奇。花不見桃惟見李，一生不曉退之詩。」可謂韓詩知音。王安石《寄蔡氏女子》也有「積李兮縞夜，崇桃兮炫晝」句。

馬位《秋窗隨筆》：「鄭谷『月黑見梨花』，佳句也，不及退之『白花倒燭天夜明』為雄渾，讀之氣象自別。義山《李花》詩『自明無月夜』，與退之未易軒輊。」花中唯李花於夜中獨白，韓、李詩故特寫其明。

由此而引出群雞驚鳴，以為天已亮了，官吏聞聲而起，真是想入非非。下面「金烏」兩句是承上文而說，仍是想像之詞。這是着力烘托李花光澤的魅力，就是在迷魂亂眼的朝陽下，依然繁密如堆。這卻不及「花不見桃惟見李」之高妙，因為這用在其他盛開的繁花上也可以，上述李商隱的「自明無月夜」，下句為「強笑欲風天」，上一句只能用在李花上，所以為人盛讚，下一句便無針對性，韓詩也有這缺點。

接下來是抒寫自己的感慨，感慨的由來則因曾經流落嶺南之故，當時每想賞花便先思家，現在年已四十（實為三十九），自不忍虛擲。因為張署患病未曾同往，所以說「獨就醉」。韓愈在看了居鄰北郭古寺的杏花後，在詩中末尾說：「今旦胡為忽惆悵？萬片飄泊隨西東。明年更發應更好，道人莫忘鄰家翁。」也是同年所作，也是因花之盛衰而興身世之感。

總之，這首李花詩的特色還在前七句，後面的一段感慨只是平平，李白《春夜宴桃李園序》中就有類似的情調。

雙李案

韓愈有許多缺點和弱點，如急躁衝動、意氣用事、自視甚高、熱中利祿，這是大家公認的。

他因諫佛骨而被貶，到潮州後即上表謝恩，這原是官樣文章，但表中力陳他如何用文字鋪張憲宗功德，甚至還請憲宗封禪，後人因此頗有譏諷，俞文豹《吹劍錄》中說潮陽的漲海炎風，使他的「向來豪勇之氣，銷鑠殆盡」，黃震《黃氏日鈔》卷五十九，說他「汲汲乎苟全性命，良可悲矣乎」。獲罪望赦，說幾句混話，也是人情之常，但一經和他《論佛骨表》的「凡有殃咎，宜加臣身，上天鑒臨，臣不怨悔」的話相對照，則後人對他的責難，正是以子之矛，攻子之盾。

貞元十七年（八零一），韓愈寫了一篇《送李愿歸盤谷序》，內容是友人李愿將歸盤谷（在今河南濟原北）隱居，他借此對世態作了諷喻。此文後人評價很高，蘇軾甚至說唐無文章，唯有這篇韓序，「平生願效此作一篇，每掩筆輒罷」（《東坡題跋》）。這雖然含戲語意味，亦見此文譽滿人間。

元和六年（八一一），他又寫了一首《盧郎中雲夫寄示送盤谷子詩兩章歌以和之》：

昔尋李愿向盤谷，正見高崖巨壁爭開張。是時新晴天井溢，誰把長劍倚太行？衝風吹破落天外，飛雨白日灑洛陽。東蹈燕川食曠野，有饋木蕨芽滿筐。馬頭溪深不可厲，借車載過水入箱。平沙綠浪榜方口，雁鴨飛起穿垂楊。窮探極覽頗恣橫，物外日月本不忙。歸來辛苦欲誰為，坐令再往之計墮渺茫。閉門長安三日雪，堆書撲筆歌慨慷。旁無壯士遣屬和，遠憶盧老詩顛狂。開緘忽睹送歸作，字向紙上皆軒昂。又知李侯竟不顧，方冬獨入崔嵬藏。我今進退幾時決？十年蠢蠢隨朝行。家請官供不報答，無異雀鼠偷太倉。行抽手版付丞相，不待彈劾還耕桑。

盧雲夫為盧汀，他寫了兩首送盤谷子（李愿）詩後寄給韓愈，韓愈便作此詩和之。

韓愈從前到太行山以南的盤谷訪問過李愿，只見這一帶水自天井關（即太行關）

傾瀉而下，遠望如長劍倚山，大風又吹破長劍，化為飛雨，灑到洛陽。這兩句語誕而情奇，卻把太行和洛陽聯接起來了。蘇軾《有美堂暴雨》的「天外黑風吹海立，浙東飛雨過江來」，即從韓詩脫胎。

燕川與下文的方口，都是盤谷附近小地名。因為溪深，便借車乘載，水便進入了車廂，於是又用船行。他想起盧雲夫的送盤谷詩，「字向紙上皆軒昂」。這一句正好反過來形容韓詩的特色，洪亮吉《北江詩話》說，李白詩佳處在不着紙，杜甫詩佳處在力透紙背，韓詩佳處在「字向紙上皆軒昂」。

接下來是詩人自己的感慨：他自從為御史登朝已經十年，拿了月俸（家請）餐錢，卻對國家無報答，很想把手版（朝笏）交給丞相，不必等待彈劾便退居山林。此詩前人也頗有好評，這裏選錄高步瀛《唐宋詩舉要》的評語：「奇思壯採以閒逸出之，或云似杜，或云似李，仍非杜非李而為韓公之詩也。」

可是詩中的李愿究竟是何等樣人？韓愈詩文中一點沒有提到他的身世。恰好唐代名將西平王李晟的兒子也叫李愿。他是一個武人（下簡稱「武李」），縱情聲色，以威刑治下，激成部下怨變，就此逃去，後又為節度使，結納權要。總之，是一個名聲很壞的武人。有人說，李愿以罪去職，韓愈隻字不提他的來歷，正是用心良苦。

有人說，這是另一個李愿（下簡稱「文李」），生平不詳，理由是：李晟曾以臨洮未復，請附籍貫於萬年（今陝西西安附近），那麼，武李應當是長安人，於盤谷不得曰歸。這理由還不是很充足，因為歸隱不一定是歸鄉，長安人也可歸隱他地。其次，韓序作於貞元十七年，武李當時為宿衛將，韓詩作於元和七年，武李方任節度使。《唐書》未載有棲隱事，事實上也不可能會棲隱的。

歷史上同名同姓的人多得很，故有專書的輯錄。由於資料掌握上的局限，因而張冠李戴，即使是飽學之士，也是難免的。

但章士釗的《柳文指要》，卻以大量的篇幅，坐實這李愿便是李晟之子，稱此序為「韓退之第一惡札」，從而力貶韓愈的品格。章氏以為：武李既為清議所不容，非亟亟規避不可，因謀之於退之，退之便以入盤谷之策進。實則盤谷之為何地，事前武李固未嘗涉足，事後恐亦無一日留，韓序中坐茂樹，濯清泉云云，全是退之蓄意諂諛，無中生有，妄事渲染，以欺天下後世人。依章氏之說，韓詩的「昔尋李愿向盤谷」一段記事，也全是謊話了。

韓愈真是章氏說的那樣，不僅其文其詩為惡札，其人也極為惡劣，現在卻明明白白是另一個人。韓愈的缺點雖然很多，還不至惡劣到這個地步。

而且，按照章氏的說法，又如何解釋盧雲夫寄盤谷子詩這件事呢？難道他也是跟着韓愈在說謊麼？

章氏並非沒有看到前人揭指的韓序之李愿為另一人的資料，但他一一駁斥，如對袁枚、陳景雲等，未免先入之見過深。清人儲欣《唐宋八大家類選》評韓序云：「公文有為人用壞者，《與于襄陽書》前半篇是也。有用不壞者，《送李愿序》是也。」那篇《與于襄陽書》確實寫得很肉麻，儲氏有好說好、有壞說壞的是非態度，實在值得取法。章氏所抨韓，卻不是評價的高下問題，而是前提根本錯誤，所以結論便落了空。

前人以文李為武李的也有，都不曾和具體的歷史情節核實。西平王的兒子名聲大，見於正史，和韓愈又生活在同一時期，一看到歸盤谷的李愿，本能地以為就是他，但武李怎麼會歸隱到荒僻的太行山以南呢？於是又曲為之說。近人胡懷琛《古文筆法百篇》，以李愿為西平王之子，以罪去職，「不但非抱道不仕真面目，即歸隱之樂，亦未遂其本懷。所謂大丈夫之言，或出於願，或不出願，俱未可知」。其實已透露他對武李那樣的人而隱居於盤谷，去過枯寂清苦生活這一矛盾，有些懷疑了。

東西兩都的大雪

韓愈寫過三首詠雪的長詩：《詠雪贈張籍》、《喜雪獻裴尚書》、《春雪》，三詩用典很多，力氣也花得不少，讀起來很吃力，其中也有巧思奇句，但整篇卻無內在聯繫，如七寶樓台拼湊而成，只能說是上等的試帖詩，正如《瀛奎律髓》所說：「此種非正聲，勿為盛名所懾。」姚範《援鶉堂筆記》評《詠雪贈張籍》中的「坳中初蓋底，垤處遂成堆」二語說：「余謂公此等詩無一語佳者，蓋底成堆，凡陋可笑。」這兩句詩也確實不像話。《春雪》中有這樣兩句：「入境鸞窺沼，行天馬度橋。」意思是，因為雪滿池塘，一片晶瑩，鸞窺沼就像入境；因為滿天都是白茫茫，馬度橋就像行天。固然頗見巧妙，總覺美在化妝上，不在本色上。

這類詩雖是高才，也難以做好，如李商隱《喜雪》有這樣四句：「班扇慵裁素，曹衣詎比麻？鵝歸逸少宅，鶴滿令威家。」每句都用一個典故：班婕妤《怨歌行》有「新製齊紈素，皎潔如霜雪」語，《詩經．曹風．蜉蝣》有「麻衣如雪」語，王義之性好鵝，傳說遼東人丁令威曾化鶴而歸。班扇、麻衣、鵝、鶴的形態和功用都與雪毫不相干，唯一相干的就是白色，可是天下有多少白色的東西，而且這四個典故，在唐代已經很熟濫了，也談不到甚麼巧思匠心，既瑣碎又堆砌，難怪有人以「獺祭」來譏諷商隱。倒是唐人「黃狗身上白，白狗身上腫」的打油詩，顯得別出心裁。

但韓愈有一首《辛卯年雪》，還是寫得好的：

元和六年春，寒氣不肯歸。河南二月末，雪花一尺圍。崩騰相排拶，龍鳳交橫飛。波濤何飄揚，天風吹幡旂。白帝盛羽衛，鬖髿振裳衣。白霓先啟途，從以萬玉妃。翕翕陵厚載，嘩嘩弄陰機。生平未曾見，何暇議是非。或云豐年祥，飽食可庶幾。善禱吾所慕，誰言寸誠微？

這是一場大雪，地點在東都洛陽，當時韓愈任河南令。

雪片大到一尺，堆起來又崩潰，天上在龍飛鳳舞，波濤翻滾，白旗迎風飄揚。天上的白帝（神話中五帝之一）盛領着侍衛，雪白的頭髮蓬鬆開來，從衣裳抖落到地上。白霓為白帝的儀仗隊而開路，跟在後面的是上萬個嬌白的玉妃。他們會合一起陵駕大地，又在鬧嚷嚷地玩弄陰沉的機變。雪本無聲，這是因為大雪紛飛而出以想像，遂覺有聲有色，見聞交錯。這時詩人已四十三歲，而說「生平未曾見」，可見這場雪之大。

有人說雪兆豐年，這樣大家可免於飢餓了，詩人希望但願如此。

說來湊巧，這年夏曆二月，西京長安也下了大雪，白居易曾作了《春雪》：

元和歲在卯，六年春二月。月晦寒食天，天陰夜飛雪。連宵復竟日，浩浩殊未歇。大似落鵝毛，密如飄玉屑。寒銷春茫蒼，氣變風凜冽。上林草盡沒，曲江冰復結。紅乾杏花死，綠凍楊枝折。所憐物性傷，非惜年芳絕。上天有時令，四序平分別。寒燠苟反常，物生皆夭閼。我觀聖人意，魯史有其說。或記水不冰，或書霜不殺。上將儆正教，下以防災孽。茲雪今如何，信美非時節。

詩中的上林指宮中的園林，曲江在今陝西長安東南，為唐代名勝，說明夏曆二月末西京也下了大雪。這一年白居易四十歲，任翰林學士，但他認為這並非好兆頭，所以最後說：「茲雪今如何，信美非時節。」因為雪在臘中下是瑞兆，入春下容易成為災患，這與韓愈不同，不過韓愈也是說「或云」。

大自然的運行原是有規律的，應熱則熱，應冷則冷，否則就是不正常。《春秋經》記僖公三十三年夏曆九月，霜正濃時，卻不殺草；定公元年八月，霜卻殺菽（大豆之苗）。霜降在九月，所以兩者都反常，《春秋》上就要記錄，要人們警惕，這主要還在對農作物的利或害上設想，故而韓詩有飽食云云。

這次大雪，在正史的《舊唐書》上沒有記錄，因為這到底說不上災異，如照韓詩說，還是祥瑞之兆。但兩人所記都在二月底，白詩還說是寒食天。寒食在清明前一天或二天，照陽曆算，清明例在四月五日。「連宵復竟日」，可見下了幾天，否則，不至這樣大而密。這些對於研究氣象學的現代專家，也是很重要的資料，以文學作品而補正史之不足。

白詩也是五古，較韓詩長，但白詩寫大雪只有「大似落鵝毛，密如飄玉屑」二句，其餘都寫雪的影響，自己的思辨。在技巧上，韓詩富有神話的奇麗詭瑰的色彩，着重於詞藻的渲染、形象的塑造，白詩則平易自然，只用淡筆，又體現了兩人的風格特色。由於兩詩題材完全相同，所以更值得我們對照欣賞。

世外無桃源

陶淵明的《桃花源記》作於宋武帝劉裕篡晉之後。淵明不甘仕宋，所以文中的避秦，或有避宋之意。就文中描寫的人物、風土看，實在沒有甚麼神秘怪異地方。除記文之外，淵明還寫過一首詩：

嬴氏亂天紀，賢者避其世。黃綺之商山，伊人亦云逝。往跡浸復湮，來徑遂蕪廢。相命肆農耕，日入從所憩。桑竹垂餘蔭，菽稷隨時藝。春蠶收長絲，秋熟靡王稅。荒路曖交通，雞犬互鳴吠。俎豆猶古法，衣裳無新製。童孺縱行歌，斑白歡迎詣。草榮識節和，木衰知風厲。雖無紀曆志，四時自成歲。怡然自行樂，於何勞智慧？奇蹤隱五百，一朝敞神界。淳薄既異源，旋復還幽蔽。借問遊方士，焉測塵囂外？願言躡輕風，高舉尋吾契。

詩中說，自從秦始皇亂政以後，賢人紛紛逃避，在秦末漢初的夏黃公、綺里季等商山四皓隱居於商山後，這些人也離開了秦朝，前往桃源。時間一久，這些人的蹤跡已經模糊，往桃源的路徑也荒蕪了。

接下來是寫遷居於桃源中人的生活：他們致力耕種，不受制度的束縛，沒有捐稅的負擔，只適應自然的程序，到了太陽西逝便即休息。他們的器用服飾仍然遵守古法（因東晉上層集團多喜奇裝異服），他們的內心世界卻很舒暢，面部總是含着愉快的表情，連雞犬之間也各以鳴聲相親。雖然沒有標記時間的曆法，但一年四季自成歲月，草榮木衰即知燠寒更迭。這種奇蹤神界一直隱蔽了五百年，如今忽又敞露，但因和塵世風俗有淳厚澆薄之分，所以不久又隱蔽了。那些過慣世俗生活的人，怎能領會桃源中人的志趣。詩人卻希望高蹈輕風，到那裏去尋志趣相投的人。

但桃花源是否完全出於虛構，沒有模特兒的呢？學者已有過論證。桃源之為寓言，無待贅說，桃源之有底本，或許是大家感到興趣的。

陳寅恪《桃花源記旁證》，以為當時西北人民為逃避苻秦的暴政，有類似桃源的「塢聚」組織，陶淵明又與《搜神後記》的劉驎之入衡山採藥、失道問徑一事相牽合，也可備為一說。但陳氏以為避秦之秦指苻秦，未必正確。淵明筆下之秦實為嬴秦，若指苻秦，就不是這樣寫。

瞿蛻園《劉禹錫集箋證．桃源行》：「《初學記》八引盛弘之《荊州記》：『宋元嘉初，武溪蠻人射鹿，逐入石穴，才容人入。入穴見其旁有梯，因上梯，豁然開朗，桑果蔚然，行人翱翔，亦不以為怪。此蠻於路所樹為記，其後茫茫，無復彷彿。』此足證當晉、宋間盛有此類傳說，初非陶潛虛構之寓言。」

這說明陶記是在傳說基礎上構成的，並非像仙境那樣虛造，但後人以為實有其地，並以湖南桃源縣來附會，道書又將它引為第三十五洞天，則是妄誕。

韓愈曾經寫過一首《桃源圖》：

神仙有無何眇茫，桃源之說誠荒唐。流水盤回山百轉，生綃數幅垂中堂。武陵太守好事者，題封遠寄南宮下。南宮先生忻得之，波濤入筆驅文辭。文工畫妙各臻極，異境恍惚移於斯。架岩鑿谷開宮室，接屋連牆千萬日。嬴顛劉蹶了不聞，地坼天分非所恤。種桃處處惟開花，川原近遠蒸紅霞。初來猶自念鄉邑，歲久此地還成家。漁舟之子來何所？物色相猜更問語。大蛇中斷喪前王，群馬南渡開新主。聽終辭絕共淒然，自說經今六百年。當時萬事皆眼見，不知幾許猶流傳。爭持酒食來相饋，禮數不同樽俎異。月明伴宿玉堂空，骨冷魂清無夢寐。夜半金雞啁哳鳴，火輪飛出客心驚。人間有累不可住，依然離別難為情。船開棹進一回顧，萬里蒼蒼煙水暮。世俗寧知偽與真，至今傳者武陵人。

這是韓集中僅有的一首題畫詩。武陵太守，前人以為指竇常，南宮先生指盧汀。詩的首尾，都是辟神仙之說不可信，中間敘述秦漢滅亡、魏晉喪亂這樣地坼天分的大事件，桃源中人卻了不相聞。「物色相猜更問語」，是說大家見了漁人的形狀頗為驚異，都來詢問，即《桃花源記》中「見漁人，乃大驚，問所從來」意。漁人便告訴他們：秦朝（前王）先給拔劍斬蛇的漢高祖滅亡，至今漢朝也已亡了，剩下晉朝南渡江左，晉元帝才新登位，這是從《桃花源記》中的「不知有漢，無論魏晉」設想出來的。「玉堂」四句，指客人在桃源中宿夜後，只覺骨冷魂清，安眠無夢，到了夜半，聞得雞鳴，隨即紅日高升，想到自己就將離開，重回塵世，不覺心驚，所以下文說「依然離別難為情」。

玉堂本指仙人之居，金雞也是仙禽。韓詩的原意在辟神仙，中間卻寫得如同仙境，最後還是要大家辨明真偽，不要把傳説中的武陵人當作真的。這種疑似相間、擒縱互用的游離手法，用之於詩歌，便有吸引性的魅力。

世外本無桃源，人間也無仙境，但只要現實中存在混亂黑暗的現象，桃源和仙境便會在人們心中湧現，即如韓公寫此詩時，下意識中何嘗沒有「骨冷魂清無夢寐」那種境界在憧憬？

《苕溪漁隱叢話前集》卷三引蘇軾語云：「使武陵太守得而至焉，則已化為爭奪之場久矣。」説得警闢，也説得冷雋。事實上，把桃源淪為戰場，已經不是假想的話了。

脂粉與硫磺

長慶元年（八二一），鎮州（今河北正定）發生變亂，朝廷命韓愈為宣慰使，回京後，曾作《鎮州初歸》：

> 別來楊柳街頭樹，擺弄春風只欲飛。還有小園桃李在，留花不發待郎歸。

從字面看，只是描繪晚春的家園風物，但末句頗有情歌風味，彷彿南朝樂府中語，和韓愈創作習慣不大符合，有的本子待郎作「侍郎」，因韓愈曾任刑部侍郎，恐是後人妄改。

王讜《唐語林》六記韓愈有二妾，一名絳桃，一名柳枝，皆能歌舞，韓愈《夕次壽陽驛題吳郎中詩後》的「不見園花兼巷柳，馬頭唯有月團圓」，即寄意二姝。等到回家，柳枝已逾牆遁去，為家人追獲，自是專寵絳桃。

王氏說的細節未必全是真實，韓愈有二妾當是事實。韓愈素以道統自任，力闢異端邪說，後人又把他當作一座大菩薩，因而便有人為他辯護，明蔣之翹說：退之是偉人，歸來豈別無所念，只是殷殷於婢妾，這首詩不過是感慨故園景色而已。蔣氏之意，如以為此詩與柳枝、絳桃無關，也是對的，但不能否定韓愈家中有聲妓。

張籍是韓門中人，寫過一首五古《祭退之》，長近千言，歷述二人交結的始末，對韓愈的道德文章稱為「天使光我唐」，韓愈對他的賞識禮遇他又極為感激，但其中卻有這樣幾句話：

> 中秋十六夜，魄圓天差晴。公既相邀留，坐語於階楹。乃出二侍女，合彈琵琶箏。臨風聽紛繁，忽遽聞再更。

這時韓愈已在病中。他是侍郎，家用婢女，原很平常，但出來是要她們彈唱，可見他平居時頗有聲色之好。至於是否柳枝、絳桃，倒不必鑽研。

有聲色之好，在古代士大夫中，也還是平常的，不妨再引一段陶穀《清異錄》：

昌黎公愈晚年頗親脂粉，故事：服食用硫磺末攪粥飯啖雞男，不使交，千日烹庖，名「火靈庫」。公間日進一隻焉。始亦見功，終至絕命。

陶穀是五代時人，說的也有些神秘，那就看一看韓愈朋友白居易的《思舊》：

閒日一思舊，舊遊如目前。再思今何在？零落歸下泉。退之服硫磺，一病訖不痊。微之煉秋石，未老身溘然。杜子得丹訣，終日斷腥羶。崔君誇藥力，經冬不衣綿。或疾或暴夭，悉不過中年。唯予不服食，老命反遲延。況在少壯時，亦為嗜慾牽。但耽葷與血，不識汞與鉛。飢來吞熱物，渴來飲寒泉。詩役五藏神，酒汩三丹田。隨日合破壞，至今粗完全。齒牙未缺落，肢體尚輕便。已開第七秩，飽食仍安眠。且進杯中物，其餘皆付天。

居易作此詩時為六十三歲，在洛陽為太子賓客分司。詩中的微之指元稹，杜子指杜元穎，崔君指崔玄亮，退之自然指韓愈了。

可是清汪師韓《韓門綴學》卷五，竭力為韓愈辯護，主要證據是當時有一個衛中立也是字退之（此引呂汲公語），故白詩是指衛退之。又因韓愈的親戚李干服丹砂（鉛與水銀合成）而死，年僅四十八，韓愈在墓誌銘中力陳水銀之害，並為李干痛惜。此序作於韓愈逝世前一年，所以錢大昕《十駕齋養新錄》卷十六，引李季可的話：「豈咫尺之間身試其禍哉？」章士釗《柳文指要》抨韓甚力，對這一件事，也認為白詩是指衛退之，並以為韓愈從李干等人的慘死中，怎麼會不引以為戒而再服硫磺？

陳寅恪《元白詩箋證稿‧白樂天之思想行為與佛道關係》，對兩退之案評斷說：「樂天之舊友至交，而見於此詩之諸人，如元稹、杜元穎、崔群（應是崔玄亮），皆當時宰相藩鎮大臣、且為文學詞科之高選，所謂第一流人物也。若衛中立則既非由進士出身，位止邊帥幕僚之末職，復非當日文壇之健者，斷無與微之諸人並述之理。然則此詩中之退之，固捨昌黎莫屬矣。」這是從史料上來證實的。明胡震亨《唐音癸籤》卷二五：「退之亦文士雄耳。近被腐老生因其辟老、釋，硬推入孔家廡下，翻令一步那動不得。」頗有反偶像的膽識。我們如果和「雙李案」合而觀之，也頗有趣味。

從《思舊》看，白居易自己似乎未服金石，還深為警忌，但從他《同微之贈別郭虛舟煉師》所寫看，卻很相信方士之術，詩中的氣氛渲染得很詭秘：他從夜半偷窺，只見黃芽與紫河車，「二物正訢合，厥狀何怪奇。綢繆夫婦體，狎獵魚龍姿。……先生彈指起，姹女隨煙飛。始知緣會間，陰騭不可移」。黃芽指煉丹用的鉛華，紫河車指修煉而成的玉液，姹女指水銀。他在《戒藥》中說：「朝吞太陽精，夕吸秋石髓。徼福反成災，藥誤者多矣。」似已有悔悟之意，實因煉丹不成的緣故，乃又移情於酒，故有《燒藥不成命酒獨醉》之作，中有「不能留姹女，爭免作衰翁？賴有杯中淥，能為面上紅」語。這時他已六十六歲，故有衰翁之感。

唐代帝王及士大夫服鉛汞硫磺的很多，柳宗元也嗜石鐘乳，並認為只要選擇得精當，對人體大有好處。我們從醫藥史、化學史的角度看，這也值得專家探討研究。

陳師道《嗟哉行》有云：「韓子作《志》還自屠，白笑未竟人復吁。以身濟欲未必愚，欲久而速反所圖。嗟哉偉然二大夫！」就是諷刺韓白言行之自相矛盾。

韓愈的《鎮州初歸》，未必有題外的用意，但他親脂粉、服硫磺也是事實，今天來看，畢竟是個人生活上的隱私，不必痛斥，也不必回護。他自己是諱言的，如果說這是虛偽的表現，那麼，對古人而言，這一點虛偽還是應當諒解的。

盆池

約在元和十年（八一五），韓愈在長安，作了《盆池五首》：

老翁真個似童兒，汲水埋盆作小池。一夜青蛙鳴到曉，恰如方口鈞魚時。
莫道盆池作不成，藕梢初種已齊生。從今有雨君須記，來聽蕭蕭打葉聲。
瓦沼晨朝水自清，小蟲無數不知名。忽然分散無蹤影，惟有魚兒作隊行。
泥盆淺小詎成池，夜半青蛙聖得知。一聽暗來將伴侶，不煩鳴喚鬥雄雌。
池光天影共青青，拍岸才添水數瓶。且待夜深明月去，試看涵泳幾多星？

詩的風格，和韓愈古風的善用險奧狠獷的語言不同，這當然和體裁（近體）有關，但還是反映韓詩的基調。

第一首寫詩人的童心。韓愈這時只有四十餘歲，所以還能汲水埋盆，但因為是模仿兒童的遊戲，就說成老翁。由蛙及魚，使他想起往盤谷訪李愿時在方口釣魚的舊情。但那首酬和盧雲夫詩中只說「平沙綠浪榜方口」，未記釣魚事，卻於此詩中補足。

第二首寫做池前後的心理：起先以為盆池做不成功，如今藕已露梢，荷也有葉。荷葉擊雨，本是富於詩情的天籟。「留得殘荷聽雨聲」，雨聲常起樂師的作用。詩人要人們不要放過。汪佑南《山涇草堂詩話》：「此首詠種藕，不曰看荷而曰聽雨，蓋荷葉齊放，亭亭淨植，雨來作清脆之聲，勝於芭蕉。可見昌黎別有天趣。」

第三首的瓦沼即盆池。小蟲為甚麼「忽然分散無蹤影」？被魚吞嚥了，因此，盆池中「惟有魚兒作隊行」了。即是說，魚之生命是靠吞嚥小蟲來維持的。韓愈另有《讀皇甫湜公安園池詩書其後》：「我有一池水，蒲葦生其間，蟲魚沸相嚼，日夜不得閒。我初往觀之，其後益不觀。觀之亂我意，不如不觀完。」對蟲魚相殘，實深有感慨。

第四首寫青蛙的敏感。意謂初不成池，而蛙已知之，故曰「聖」。群蛙在夜半雌雄交鳴，奏出和諧的樂聲，暗中聽來，就知道牠們生活得很安閒和睦。前一首寫蟲被魚吞，這一首寫群蛙共存。五首詩中，蛙卻佔了二首。

第五首的瓶指小型汲水器。小池本無所謂岸，詩人卻以添水數瓶來形容拍岸，就覺波瀾如在眼前。夜深月明，只見星星投影於池中，又於小中見大，深喜池有容物之量。

盆池的開始砌作，或許出於詩人一時的衝動，後來有此收穫，卻是出於詩人的意外，也使詩人對池邊風物產生了感情，感情發展成形象，形象發展成言詞，言詞按照韻律又把形象表達了出來。園藝工人砌的水池也許比詩人精巧，可是他無法進入詩的園地。

再來介紹一首北宋鄭獬的《盆池》：

綠發柔莎碧甃連，湛如蛟穴貯寒泉。誰將寶鏡遺在地？照見浮雲浸破天。
數鬣游魚才及寸，一層綠荇小於錢。待將鬧物都除卻，放出秋蟾夜夜圓。

也是寫一個小天地周圍的風光，更是飽含生意和天機。甃指盆池之壁，鬣本指魚頷旁的小鰭。鬧物當指蛙，古人也以蛙聲聒耳而厭惡。

柔綠的小草遍佈着池壁，也不知是誰將寶鏡失落了，她是有意還是無心？幾條小魚趁此來來去去，有了這樣可以安心呼吸地方，就不至於淪為涸轍之鮒了。盆池不可無魚，就像天地不可無人。

可是詩人還想等除卻鬧物後，放出躲在夜幕裏的秋蟾（指月），好讓它在寧靜的小天地裏發出圓亮之光。

朱熹《觀書有感》云：

> 半畝方塘一鑒開，天光雲影共徘徊。問渠那得清如許？為有源頭活水來。

這是傳誦的名篇，也富於哲理。半畝方塘所以能像鏡子那樣澄靜清澈，就因為有源頭活水，正由於源頭活水，才能使藝術生命永遠充滿活力。

韓愈、鄭獬、朱熹寫的都是他們個人的印象和感受，然而都不是孤立的，他們的審美趣味和哲理境界，就和千百年來廣大讀者的精神生活密結在一起。

裙帶與石碑

唐代自安史之亂後，藩鎮的稱霸，宦官的弄權，就成為兩大禍患。所謂藩鎮，是指設置節度使或觀察使的區域。他們除了帶兵之外，又擁有度支（財賦的調配）、營田、轉運、採訪這些大權，即地方的軍事、行政、糧食、交通、賦稅的命脈全落在他們手裏，而且常以父子、叔侄等宗法關係授受地盤，因而擁兵自肥，作威作福，有的與朝廷陽奉陰違，有的公然作亂。後世的地方軍閥，實即藩鎮的變種。

到了憲宗時，由於任用一批果敢的謀臣，平定了一些叛亂的藩鎮，使朝廷威權為之一振。

吳少陽以彰義軍節度使據蔡州時，因淮南多廣野大澤，便豢養牲口，常常出沒掠奪，內則庇匿亡命，充實軍力。元和九年（八一四）吳少陽死後，他的長子吳元濟密不發喪，只說患病，又假撰奏表，要求由元濟主持軍事，朝廷未允其請，不久便叛反，向地方屠殺焚燒。次年，憲宗命裴度為宰相，出兵征討，淮西的軍事全託付他。十二年正月，隨唐鄧節度使李愬雪夜入蔡州，活捉吳元濟及其家屬，後斬首於京城。至此，光、蔡等州才重為唐室的疆土。

平蔡州時，裴度任韓愈為行軍司馬。還朝後，以功授刑部侍郎，並詔撰《平淮西碑》。碑分序與銘，銘用韻文，實為長篇的四言詩。

這時柳宗元在柳州貶所，聞訊後也撰《獻平淮夷雅表》及《平淮夷雅》二篇，後者模仿《詩經．大雅．江漢》。《江漢》敘述周宣王命召虎討伐淮夷史事，柳詩將裴度與李愬並重，在《上李愬啟》中，又直說愬之功績和召虎平淮夷類似。

就當時形勢而論，淮西一役成敗的關鍵，在賢相而不在良將，前者屬戰略決策，有果斷的戰略決策，才能使良將的戰術有用武之地。裴度一向將蔡州看作心腹之患，不及時除去，即無以儆戒黃河南北的藩鎮，故而堅持平蔡，並親往督戰，而憲宗又能信任委託。所以，韓碑的重心放在裴度身上，但對入蔡州的李愬之功，還是有所側重。不想因此引起軒然大波。

李愬的夫人是唐安公主女兒，唐安公主是德宗之女、憲宗姑母，李夫人也就是憲宗的表姊妹，故得出入宮中。李愬以為此役之功自己應屬首位，故很不平，李夫人便入宮中，向憲宗陳訴碑辭不實，於是下詔磨去韓碑，命翰林學士段文昌重新撰文勒石。羅隱《説石烈士》一文，説是李愬舊部石孝忠因憤韓碑不敍李愬功，推碑幾仆，致為憲宗所聞，因而命文昌重撰。

這件事，卻引起後世文士的不平，晚唐李商隱寫了一首七古《韓碑》，詩中盛讚裴度之功第一，稱之為聖相，對韓愈的碑文推崇備至，對仆碑事深為憤慨：「碑高三丈字如斗，負以靈鰲蟠以螭。句奇語重喻者少，讒之天子言其私。長繩百尺拽碑倒，今無其器存其辭。嗚呼聖王及聖相，相與烜赫流淳熙。」從末兩句看，這時憲宗和裴度似已逝世。

七古非李商隱特長，這首詩卻奇崛古茂，直逼韓愈，有人説彷彿韓愈的《石鼓歌》，造語更勝過。

陳岩肖《庚溪詩話》卷下，記蘇軾曾奉命撰《上清儲祥宮碑》，至紹聖、元符間黨禁興，遂毀其碑，命翰林學士蔡京別為之，「京之文，類三捨舉子經義程文耳，正如唐時仆韓退之《淮西碑》命段文昌改作」。後來江端友乃作七絕《韓碑》：

淮西功業冠吾唐，吏部文章日月光。千載斷碑人膾炙，不知世有段文昌。

這是借《韓碑》以譏蔡京，因為這時黨禁方嚴，只能借古諷今。南宋劉過《投誠齋》也有「畢竟昌黎仍舊好，何曾人說段文昌」語。沈德潛《唐詩別裁集．韓碑》評云：「宋代陳珦磨去段文，仍立韓碑，大是快事。」足見後人對仆碑事都很不平，用現代話來說，恐也有對「夫人干政」隱懷不滿之意。韓愈的碑文果真有不實之處，也應該交給朝廷大臣公開評論糾正，不應通過裙帶力量輕率更改。清管世銘有詩云：「晉公德望涼公績，並紀韓碑詎失真？婦女老兵何足道，當時三省竟何人？」晉公指裴度，涼公指李愬，婦女指李妻，老兵指石孝忠，三省指中書、門下及尚書省，都是掌管大政的機構。

北宋的詩僧惠洪，有一首《題李愬畫像》：

淮陰北面師廣武，其氣豈止吞項羽。君得李祐不肯誅，便知元濟在掌股。羊公德化行悍夫，臥鼓不戰良驕吳。公方沉鷙諸將底，又笑元濟無頭顱。雪中行師等兒戲，夜取蔡州藏袖裏。遠人信宿猶未知，大類西平擊朱泚。錦袍玉帶仍父風，拄頤長劍大梁公。君看鞬櫜見丞相，此意與天相始終。

這首詩專寫李愬在策略上成功的事跡，也是史詩的鱗爪。詩以韓信之不殺廣武君李左車，引出李愬之不殺李祐。李祐本是吳元濟低級軍官，後被擒，李愬便推誠相待，一同食宿，往往密語通宵，因而盡悉吳營中機密。下面又用西晉大將羊祜向吳人開誠示信，不為偷襲之計，使吳主孫皓縱情遊樂，反相信卜課術士妄言的故事。

李愬的厚待李祐，卻引起部下的責難，因為李祐先前曾和官軍激戰，所以有人說他不可靠。李愬只好將李祐械送京師，一面請朝廷寬釋，憲宗乃將李祐仍賜予李愬。「公方沉鷙諸將厎」的「厎」字表疑問為甚麼，意謂李愬已胸有成竹而諸將卻在懷疑。

李愬雪夜迫近蔡州城時，附近有鵝鴨池，李愬便令士兵驅擊鵝鴨飛行，以掩護行軍之聲。吳元濟也自以為防地牢固，毫不在意。李愬部隊到達吳元濟外宅時，元濟正在睡大覺。部下告訴他，他卻說：「此必洄曲子弟（吳軍中精兵）就吾求寒衣也。」又說：「俘囚為盜耳，曉當盡戮之。」此事很像李愬父親西平王李晟之擊朱泚。大梁公指李愬，因與其弟李德皆封梁（涼）國公。

吳元濟被擒後，李愬屯兵於球場，具鞬櫜等候裴度於馬首。裴度想遜讓，李愬說：「此方不識上下等威之分久矣，請公因以示之。」裴度乃以宰相禮受謁，眾皆聳觀。韃橐為盛弓箭之器，引申為收藏，表示局勢已安定。

當時向李愬投誠的尚有丁士良、吳秀琳、李忠義等。李愬能運用攻心為上、使功不如使過的策略，以昨天的敵人反擊今天的敵人，正見得他有政治上的遠見。石孝忠在憲宗前也力陳蔡州所以平復，實因李愬能善於招降，使「蔡之爪牙，脱落於是矣」。

陳衍《宋詩精華錄》評惠洪此詩云：「抵段文昌一篇碑文，不啻過之。」說得也對。

明李日華《六研齋筆記》卷二：「或云憲宗疑裴與韓黨，故抑其文」，清屈復《玉溪生詩意》：「碑文不敘李愬之首功，昌黎不得無過。」平心而論，淮西之役，裴度的運籌決策固居首位，但韓愈還朝後撰文時，有偏私之心也是事實。

征途詩情

在淮西之役中[1]，韓愈仍不廢吟詠，寫了許多詩，有平庸的，也有出色的，如《過鴻溝》：

龍疲虎困割川原，億萬蒼生性命存。誰勸君王回馬首，真成一擲賭乾坤。

鴻溝為古渠道名，在河南滎陽東南。當年項羽、劉邦相距滎陽，彼此不超越尺寸地。劉邦欲西歸，因張良、陳平之諫，又追項羽至陽夏之南，終於滅楚。此詩實為借古喻今，因當時大臣中也有勸阻憲宗出兵淮西的，裴度卻堅持伐蔡，所以後半首是在曲寫裴度隱衷，但前半首很平弱。還有《奉和裴相公東征途經女几山作》：

旗穿曉日雲霞雜，山倚秋空劍戟明。敢請相公平賊後，暫攜諸吏上崢嶸。

女几山在河南宜陽縣南。裴度原詩今僅存「待平賊壘報天子，莫指仙山示武夫」二句，韓詩末句的「暫攜」意即「姑攜」，是說到那時候姑且帶着諸吏登山吧。洪興祖說：「一士人云：以我之旗，況彼雲霞，以彼之山，況我劍戟，詩家謂之回鸞舞鳳格。」即以下三字形容上三字。全詩則寫同心破賊，俱有信心。

郾城辭罷過襄城，潁水嵩山刮眼明。已去蔡州三百里，家山不用遠來迎。

《過襄城》

郾城在河南，為當時行營所在地。襄城也在河南，過襄城便入洛陽界，潁水、嵩山之所在。韓愈的家鄉在河陽（昌黎是他郡望，不是原籍），今孟縣西。韓愈抵襄城時正值雪後。

此詩前三句二十一個字中有五個地名，末句「家山」亦近地名。郾城已經辭別，作為全詩中心的襄城只是路過，洛陽也只是想像中，蔡州則已相離三百里，家山是盼念之詞，這六處地方其實都非現境，有的已過去，有的尚未到，有的未必去，如家山；而二十八字中，中州諸城，一線相接，滿腔高興，筆筆有情，雜用俚語，尤見親切，蔣抱玄所謂「快事快調，此公一生最得意時」，也是大好評語。

然而還有更精彩的《次潼關先寄張十二閣老使君》：

荊山已去華山來，日出潼關四扇開。刺史莫辭迎候遠，相公新破蔡州來。

此詩首句與前一首首句相似，即「句中排」，並且也用了四個地名。這是在凱旋途中，官軍抵達潼關後，即將進入華州，華州刺史為張賈，張賈曾任屬門下省的給事中，故稱閣老，使君是對州郡長官的尊稱。韓詩由快騎先遞交張賈。

荊山一名覆釜山，在河南靈寶，華山在潼關西。這時尚是冬天，而日出潼關，寒威頓殺。四扇指城門東西兩面，一面兩扇，相對而開。程學恂《韓詩臆說》：「寫歌舞入關，不善一字，盡於言外傳之，所以為妙。」王建《送裴相公上太原》：「千群白刃兵迎節，十對紅妝妓打球。」這雖是後來事，也見迎長官時，有妓女打球的節目。

末句「新破」一作「親破」，這兩字自然無法比擬，若作「親破」，等於不說。這是一首七絕，卻寫得天骨開張，氣度雄潤，聲威軍容，有火荼之盛，似又全不吃力。

施補華《峴傭説詩》：七絕切忌用剛筆，「退之『荊山已去華山來』一絕，同剛筆之最佳者。然退之亦不能為第二首，他人亦不能效退之再作一首，可見此非善道。」說得也很精彩，如另一首《次潼關上都統相公》：「暫辭堂印執兵權，儘管諸公破賊年。冠蓋相望催入相，待將功德格皇天。」幾乎不是同一人所作，末句尤為惡札，真像施氏說的「然退之亦不能為第二首」。但僅從上述諸詩中，也可看出韓愈對裴度的阿附。

劉禹錫曾作《平蔡州三首》，其第三首云：

九衢車馬渾渾流，使臣來獻淮西囚。四夷聞風失匕箸，天子受賀登高樓。妖童擢髮不足數，血污城西一抔土。南風無火楚澤閒，夜行不鎖穆陵關。策勳祀畢天下泰，猛士按劍看常山。（原註：「時唯常山不庭」。）

穆陵關在湖北西陽，當時自安黃出光蔡之路已不通，故從南方來說，可越穆陵關北面而出師，禹錫寫詩時尚在廣東連州貶所。

這是敍述吳元濟被解至京師時，憲宗登樓受俘場面，劉詩第一首也有「狂童面縛登檻車」語。吳元濟被斬首時，年已三十五，何以一再稱為狂童、狡童？已故瞿蛻園《劉禹錫集箋證》云：「其實元濟年非童幼，禹錫蓋惡憲宗之淫刑，誅及稚孺耳。」下並引《舊唐書．吳少誠傳》：元濟被斬於獨柳後，「其夜失其首。妻沈氏沒入掖庭，弟二人，子三人，流於江陵誅之，判官劉協庶七人皆斬」。瞿氏釋劉詩狂童、狡童的用意未必正確，禹錫《平齊行》也有「初哀狂童襲故事」語，這是指李師古卒，其異母弟師道自立事。後來師道兵敗，只殺其個人，師道妻魏氏及幼子配入掖庭（後宮）為奴婢，憲宗還下詔不要殃及家族。所以，這裏的狂童、狡童意謂狂妄、猖獗的傢伙，是罵人的話，童是因為吳元濟和李師道都是繼承了父兄地盤。總之，並非諷喻憲宗之刑及稚童，但從《舊唐書》所記來看，元濟的三個兒子，大的不過十五六歲；而且因元濟之故，一下子殺了十二條生命，確實失於刑罰上的淫濫。其次，元濟被殺後，他的首級怎麼不見了？《陳寅恪讀書札記》：「是知其黨羽之眾。」意謂被散佈京師的黨羽偷取而去。

南宋黃唐對淮西之役有一段很有創見的議論：蔡本唐地，元濟本唐臣，並天下之力，僅能取三州困斃之餘，「君臣動色相慶，有靦面目矣」。下引諸葛亮出祁山，南安等歸降，且拔千餘家還漢中，蜀人皆賀，孔明蹙容曰：普天之下，莫非漢民，以此為賀，能不為愧？（見《柳宗元集》引註）

由韓碑之撰、裴李之功到淮西之役本身，後人都有分歧意見，有的已非學術性而屬於政治性，但在專制的統治下，還是允許自由議論，各抒己見，這一點寬容的氣象，卻是值得欽羡的，中國文化傳統所以能夠不絕如縷，歷劫長存，未始不與這種氣象有關。

註釋

1 淮西，指今皖北豫東淮河北岸一帶，也稱淮右。

永州二寺

讀過柳宗元詩文的人，都對他在永州時的作品極為欣賞，他在永州時的生活，想必也為大家所樂聞。

唐順宗晚年因中風而患失語症，至永貞元年（八零五）八月，不得不傳位給太子李純（憲宗），王叔文集團的革新政局就此夭折，八司馬被貶逐，柳宗元只得離開京城，也像韓愈貶潮州一樣，由藍關南行。原先本貶韶州（今廣東韶關），半途忽改貶永州，當年他父親柳鎮貶謫時也是走這條古驛道。同行的有六十七歲的老母盧氏、堂弟柳宗直、表弟盧遵以及僮僕等。他的夫人楊氏，於結婚三年後去世，不曾生育，宗元也未續娶。就這樣，長安城裏已沒有柳氏族人了。

他從長安到湘中的行程，先是車行由藍田經襄陽赴江陵，然後改為水道，經洞庭至湘江。到汨羅江時，曾寫過《弔屈原文》，開頭說：「後先生蓋千祀兮，余再逐而浮湘。」即以屈原之遭讒自比。最後說：「吾哀今之為仕兮，庸（豈）有慮時之否臧?食君之祿畏不厚兮,悼得位之不昌。退自服以默默兮,曰吾言之不行。既偷風之不可去兮,懷先生之可忘?」一借此譏諷執政的新貴貪得無厭的欲壑,平時不考慮國家的安危,一心害怕自己官俸不夠肥厚,擔心官運不暢通;對這些人,他也無可共語,只能我行我素,痛惜吾道不行,想起政局如此苟且昏暗,怎能不懷念長逝的屈大夫?可見他在放逐途中內心的激盪不平。

由此而經長沙,過衡陽,全程約半年,才始到達永州。後來又寫了一篇《懲咎賦》,對湘江途中的險惡風波作了恐怖性的描寫:

> 飄風擊以揚波兮,舟摧抑而回邅。日霾曀以昧幽兮,黝雲湧而上屯。暮屑窣以淫雨兮,聽嗷嗷之哀猿。眾鳥萃而啾號兮,沸洲渚以連山。

在屈原的《涉江》中,有這樣一段描寫:

> 入溆浦余儃佪兮,迷不知吾之所如。深林杳以冥冥兮,乃猨狖之所居。山峻高以蔽日兮,下幽晦以多雨。霰雪紛其無垠兮,雲霏霏而承宇。哀吾生之無樂兮,幽獨處乎山中。吾不能變心而從俗兮,固將愁苦而終窮。

柳宗元善於學《騷》，文集中即列有《騷》的專欄，這時正在窮途之中，屈賦的體裁便成為他抒發鬱抑的最合適形式。

永州的治所在今湖南零陵，位於湖南和兩廣交界處，在秦朝曾開鑿了靈渠，為古代一項巨大的水利工程，在唐代還是荒僻之地。宗元的官銜是「永州司馬員外置同正員」。司馬的地位在刺史之下，本有實權，「員外置」是說定額以外官員，因而又無實權，但官俸可同正式官員，所以說是「同正員」，也即領乾薪，吃閒飯，好像是享清福，實際是政治上的示辱。

因為是「員外」，所以並無官署，幸而城裏龍興寺的重巽和尚頗有情義，給予幫助，全家便安頓在寺中西廂房內，經過一番修繕，又築了一個西軒，還撰作《永州龍興寺西軒記》，劈頭說：「永貞年，余名在黨人，不容於尚書省。」順宗的永貞是個短命年號，只佔一年，章士釗《柳文指要》卷二十八云：「此一短短年號內，凡子厚由勤政而遠貶，具於篇中和盤托出，可算全集獨一無二時代性文字！」也即透示了宗元對永貞朝政大變所存的深情。後來他的母親，即逝世於龍興寺中。

柳宗元在龍興寺起先只想暫住，總以為期滿（三年或五年）可以量移。到了元和四年（八零九），守喪期滿，又值冊立皇太子，大赦天下，八司馬卻不在大赦之列，他更失望了，於是從龍興寺遷至法華寺。這兩座寺院，都在湘水之南、瀟水之東。他在龍興寺築過西軒，在法華寺築了西亭，寫了一首《構法華寺西亭》：

竄身楚南極，山水窮險艱。步登最高寺，蕭散任疏頑。西垂下斗（陡）絕，欲似窺人寰。反如在幽谷，榛翳不可攀。命童恣披剪，葺宇橫斷山。割如判清濁，飄若異雲間。遠岫攢眾頂，澄江抱清灣。夕照臨軒墮，棲鳥當我還。菡萏溢嘉色，篔簹遺清班。神舒屏羈鎖，志適忘幽孱[1]。棄逐久枯槁，迨今始開顏。賞心難久留，離念來相關。北望間親愛，南瞻雜夷蠻。置之勿復道，且寄須臾閒。

這座寺位置在山的高處，寺中有荷花（菡萏）綠竹（篔簹）。又作《法華寺西亭夜飲》：

祇樹夕陽亭，共傾三杯酒。霧暗水連階，月明花覆牖。莫厭樽前醉，相看未白首。

此詩另有序，章士釗《柳文指要》卷二十四：「西亭者，吾號為子厚一生遊運之神經中樞者也，凡關於西亭之記事，無不鄭重，凡詠味西亭之詩與文，無不精神飽滿，凡約來西亭遊宴唱和之友，無不異常知己，此『未能脱棄凡近』之永州文者，將胡為乎來哉。」章氏於宗元固為知音，但不免雜以偏愛，凡是宗元所作詩文，沒有一篇不好，凡是歷代有貶抑宗元之詞，即使公允，必加以闢斥，反之，對韓愈又說得一無是處。章文中說的「未能脱棄凡近」，原是何焯《義門讀書記》中的話，其實還是説得對的，章氏卻斥為冬烘先生語。何焯又評柳詩「霧暗水連階，月明花覆牖」二句云：「三四工在次第如畫」，就説得很精到。像柳《序》那種短文，在唐代二流文人中也是隨手可寫的。

回頭再説宗元這兩首關於法華寺的詩。從文句看，似很輕鬆安適，無所怨恨，因而也可稱為曠達，但所謂曠達，往往是人在壓制、打擊後一種無可奈何的逆反性的自我強制，真正春風得意、位高權重的人是無所謂曠達的。所以，曠達者都帶有被動性，甚至是矯情的，俗語所謂有苦説不出。詩中「棄逐久枯槁，迨今始開顏」，上一句是説他的心早已如同槁木死灰，對現實極度淡漠，那麼，忽然會因在僧寺中築了一座亭子就此開顏了麼？最後四句，恰好反映他內心深處的癥結：他所要親愛的人遠在北方而相隔，他在南方所接觸的卻是「夷蠻」，他的真實願望既然不能實現，那就算了吧，不必多說了，姑且假新亭以求片刻的安閒。他的《與崔策登西山》有云：「蹇連困顛踣，愚蒙怯幽眇。非令親愛疏，誰使心神悄（憂愁）？偶茲遁山水，得以觀魚鳥。吾子幸淹留，緩我愁腸繞。」詩意先敍貶逐之苦，使自己閉塞得連精深奧妙的道理也害怕領會，下兩句隱喻孤獨帶來的愁悶，因而希望崔策能長留於此，以消解他的百結愁腸。

這詩是廢居八年後作的，但崔策是不可能長留的，最後還是離他而去，宗元曾作序送他。詩人也更為寂寞了。

人有時需要寂寞，然而寂寞過久，那滋味也是難以經受的，何況是詩人！

註釋

1 漻，一作「孱」，是。

與方外人的因緣

永州的人口，當時是十六七萬，僧寺除龍興寺、法華寺外，還有開元寺等，寺址都寬暢高敞，可見唐代佛教勢力的廣佈。柳宗元在長安時，對佛教已有興趣，到了永州，對佛學更為接近。他無力反抗冷酷的現實，又必須在現實中活下去，只有在另一種境界中求得精神的安寧和平服。

他在龍興寺居室的窗戶本來朝北，光線陰暗，便另開朝西的窗戶，戶之外為軒，光線就較前明亮了，他便在記文中說：「夫室，向者之室也；席與几，向者之處也。向也昧而今也顯，豈異物耶？因悟夫佛之道，可以轉惑見為真智，即群迷為正覺，捨大暗為光明。夫性豈異物耶？孰能為余鑿大昏之墉，闢靈照之戶，廣應物之軒者，吾將與為徒。」宗元善書法，便把記文書成兩份，一份刻在戶外，一份送給僧人重巽。

生活起居上的小小得失，就通過佛學來闡釋，本來暗昧的變成顯明了，這就不僅僅限於一個窗戶的變化，人的境界的層次也上升了。由於建築物本屬僧寺，開鑿時又要寺僧來幫助，對佛學免不了要說上幾句好話。還有一點，他是把佛學作為一種學說來接受的，這比韓愈就寬宏些。

由於生活在僧寺中，自必常和僧人接近。方外人本是孑然一身，深處山林，要跟他們締交，原是可遇而不可求，如果不是因為謫逐，不可能住到永州的寺院中，所以這正是佛家所謂因緣。

在幾個僧人中，他最友好的為龍興寺重巽。

重巽屬天台宗，在南方佛教界很有聲望，也有些學問。有一次，重巽從竹林中自採新茶送給柳宗元，宗元作詩謝之，其中說：「滌慮發真照，還源蕩昏邪。猶同甘露飯，佛事薰毗耶[1]。咄此蓬瀛侶，無乃貴流霞。」蓬瀛侶指仙人，流霞指道教的仙酒。意思是重巽送給他的茶葉，泡熟後勝過道家的仙酒，實是借此重佛輕道。唐代雖佛道並尊，柳宗元卻不喜歡道教，像李白那樣的求仙詩，在柳集中便看不到。

重巽的庭堂頗有花木竹石之趣，宗元曾作《巽公院五詠》，茲錄其四：

結習自無始，淪溺窮苦源。流形及茲世，始悟三空門。華堂開淨域，
圖像煥且繁。清泠梵眾香，微妙歌法言。稽首愧導師，超遙謝塵昏。
《淨土堂》

發地結菁茆，團團抱虛白。山花落幽户，中有忘機客。涉有本非取，
照空不待析。萬籟為誰生，窅然喧中寂。心境本同如，鳥飛無遺跡。
《禪堂》

新亭俯朱檻，嘉木開芙蓉。清香晨風遠，溽彩寒露濃。瀟灑出人世，
低昂多異容。嘗聞色空喻，造物為誰工？留連秋月晏，迢遞來山鐘。
《芙蓉亭》

危橋屬幽徑，繚繞穿疏林。迸籜分苦節，輕筠抱虛心。俯瞰涓涓流，
仰聆蕭蕭吟。差池下煙日，嘲哳鳴山禽。諒無要津用，棲息有餘蔭。
《苦竹橋》

第一首是說自己的結習本自虛無開始，與《禪堂》的「涉有本非取」相連貫。但仍沉溺而不自拔，窮究苦源，總還是為外物所誤，至今始悟言空、無相、無願（佛家語）才是真正的三解脱。意即過去雖有「無」的結習，但因心為形所役，仍未能擺脱塵俗之苦，今天來到淨土堂，才入三空之門，故對重巽既愧又敬。

第二首的中心是抑「有」揚「無」，虛白、花落、忘機、窗寂都是「無」和「虛」的陪襯，最後以「鳥飛無遺跡」作結，禪味也最深厚。

第三首七八兩句，意謂既然色即是空，空即是色，那麼，造物主為甚麼還要化育出宇宙間的千姿百態？詩人的原意其實還在讚頌造物主之力，從上文描繪芙蓉亭的景物上，就有他的審美心理在活動。

橋和津都是渡人的，要津則泛喻高位。第四首由橋及津，意思是這橋既設在苦竹叢中，自不會再成為要津，那就借竹林餘蔭來棲息。原是夫子自道，借此抒發牢騷，可見他還不是空門中人，也說明他對佛教的若即若離態度，在失意時取其於身心有所契合和寄託；正因為這樣，他還是不能大徹大悟，還是滿腔委屈，無窮煩惱，只要生命存在一天，這矛盾就沒法克服。

再舉一首也是在永州作的《晨詣超師院讀禪經》：

汲井漱寒齒，清心拂塵服。閒持貝葉書，步出東齋讀。真源了無取，妄跡世所逐。遺言冀可冥，繕性何由熟？道人庭院靜，苔色連深竹。日出霧露餘，青松如膏沐。淡然離言說，悟悅心自足。

「真源」四句是斥責世俗之徒對佛學精義並未吸取，只追求怪誕的事跡，佛之遺言固可在冥思中得悟，但這須得修繕本性，卻又從何着手才能熟曉。言下之意，是諷刺當時假居士、假信徒之多。末兩句意即物我兩忘，遺經得道，已非語言能夠表達，真正的悟道者應當是這樣。

然而就藝術角度說，這些詩的感染力究竟差些，因為詩中不但說理，說的又是深奧的佛理，應該佔首位的寫景抒情的技巧，相形之下，便顯得貧弱。蘇軾的「橫看成嶺側成峰」的《題西林壁》，為歷代所賞識，紀昀評云：「亦是禪偈而不甚露禪偈氣，尚不取厭，以為高唱則未然。」這話倒是公道的。范溫《潛溪詩眼》：「『道人庭院靜，苔色連深竹』，蓋遠過『竹徑通幽處，禪房花木深』。『日出霧露餘，青松如膏沐』，予家舊有大松，偶見露洗而霧披，真如洗沐未乾，染以翠色，然後知此語能傳造化之妙。」范評柳詩「道人」兩句所以勝於常建《破山寺後禪院》的「曲徑」兩句，蓋柳詩自然渾成，常詩雖不能說是雕飾，和柳詩這兩句比，在自然上就不及。

註釋

1《維摩詰經》：時化菩薩以香飯與維摩詰，飯香普薰毗耶離城，諸大聲聞仁者可食如來甘露味飯。

同是天涯淪落人

宋范溫《潛溪詩眼》，對柳宗元詩極為推崇，並舉例說：「《哭呂衡州詩》，足以發明呂溫之俊偉，《哭凌員外詩》，書盡凌準生平，《掩役夫張進骸》，既盡役夫之事，又反覆自明其意，此一篇筆力規模，不減莊周、左丘明也。」後者已詳於《存歿之間》，哭呂、凌兩人詩，不但抒發了對亡友的交誼，也關係到中唐的政局。

王叔文集團失敗後，韋執誼、柳宗元、劉禹錫、凌準等八人，皆被貶至南方為司馬，世稱「八司馬」，凌準為連州（今屬廣東）司馬。當時的司馬已淪為安置謫官的閒職，也即掛名差使，白居易的江州司馬便是一例，《琵琶行》末句「江州司馬青衫濕」的青衫，就是唐代官員最低的服色（八品和九品），後來因深青亂紫，改為碧色。

王安石《讀柳宗元傳》：「余觀八司馬，皆天下奇才也。」但因為他們是王叔文集團中人，《唐書》中記載的事跡，有的很簡略，有的夾雜偏見，如對凌準，只有五十餘字，連奇才的影子也見不到。

柳宗元曾寫過《故連州員外司馬凌君權厝誌》及《墓後誌》，又寫過《哭連州凌員外司馬》五古，從詩文中，使我們知道凌準卒於桂陽（即連州）佛寺，生前曾對人說：「吾罪大，懼不克歸柩於吾鄉，是州之南，有大岡不食，吾甚樂焉，子其以是葬吾。」不食之地指不長草木的無用之地。僅此數語，逐臣的慘況如泣如訴。後因憲宗立太子而下大赦令，凌準的兒子才得將靈柩遷回原籍富春。將死人的棺柩遷至故鄉，也要等到皇帝下大赦令才能舉行。凌準是否奇才且不說，但他並不是罪犯，僅僅因為他在政治上受過挫折緣故。

其次為詩，末段說：「出守烏江滸，老遷湟水（指連州）湄。高堂傾故國，葬祭限囚羈。仲叔繼幽淪，狂叫唯童兒。一門既無主，焉用徒生為？舉聲但呼天，孰知神者誰？泣盡目無見，腎傷足不持。溘死委炎荒，臧獲守靈帷。平生負國譴，骸骨非敢私。蓋棺未塞責，孤旐凝寒颸。」

凌準先謫和州刺史，後降連州。這時他母親死於家中，隨後兩弟相繼而死。凌準二子年幼，一門無主。他在謫所因哭泣過哀，遂喪其目，腳也發病。現在臨到凌準自己也身歿了，由於獲罪，即使蓋棺仍不能塞責。最後說：「我歌誠自慟，非獨為君悲」，也即「同是天涯淪落人」之意。但白司馬之於琵琶女，尚非一存一歿之痛。

呂溫不是八司馬[1]，但很受到王叔文、韋執誼的器重，和柳宗元、劉禹錫很友好。後以副使入吐蕃，柳宗元等被貶逐時，呂溫正在出使，所以沒有在內。後因與李吉甫傾軋，先貶道州，再貶衡州（今湖南衡陽）刺史，死時年僅四十，可能仍和參加王叔文集團有關。

這時柳宗元在永州，曾寫過誄詞、祭文，又有《同劉二十八哭呂衡州兼寄江陵李元二侍御》、《段秀才處見亡友呂衡州書跡》七絕。

衡岳新摧天柱峰，士林憔悴泣相逢。只令文字傳青簡，不使功名上景鐘。
三畝空留懸磬室，九原猶寄若堂封。遙想荊州人物論，幾回中夜惜元龍。

劉二十八指劉禹錫，李指李景儉，由侍御史謫江陵掾，與元稹同幕，都是呂溫的好友。景鐘為大鐘，後世作為記功的典故。「若堂封」用《禮記．檀弓》孔子語。這是承上句的身後蕭條，所以草草營葬，但猶存古代君子之葬的遺風。元龍為後漢陳登字，許汜、劉備在荊州牧劉表座上，盛稱陳登有豪氣、有膽志。因這時李景儉、元稹都在江陵，也便是荊州，他們品評人物時，必為呂溫之死而哀惜。寫得最樸素沉痛的是那首七絕：

交侶平生意最親，衡陽往事似分身。袖中忽見三行字，拭淚相看是故人。

劉禹錫也有《哭呂衡州，時予方謫居》詩：

一夜霜風凋玉芝，蒼生絕望士林悲。空懷濟世安人略，不見男婚女嫁時。遺草一函歸太史，旅墳三尺近要離。朔方徙歲行當滿，欲為君刊第二碑。

要離為春秋時吳國刺客，於江流中刺中慶忌要害，慶忌放了他，要離渡江至江陵，伏劍自盡。後來東漢高士梁鴻（字伯鸞）死後，別人感於要離烈士，伯鸞清高，便將他葬於要離墓旁。從這些詩句看，呂溫是死在衡州，《舊唐書》說呂溫「秩滿歸京，不得意，發疾卒」，似不確。[2]

第七句用蔡邕充軍朔方後，後赦令還本郡典故。大概呂溫這時已近回京之期，但等不到日期就死了。

凌準沒有詩傳世，呂溫曾由劉禹錫為他編理過集子，現在傳世的《呂衡州集》，已非禹錫所編之本。《全唐詩》收錄呂溫詩二卷，其《偶然作》云：「淒淒復汲汲，忽覺年四十。今朝滿衣淚，不是傷春泣。」又云：「中夜兀然坐，無言空涕洟。丈夫志氣事，兒女安得知？」這是他死的那年作的。又如《讀句踐傳》：「丈夫可殺不可羞，如何送我海西頭。更生更聚終須報，二十年間死即休。」這當是他出使吐蕃時作，似很不滿於此次的出使，看作奇恥大辱似的，也見得他是一個很自負而又剛強的人，和柳、劉二人性格有相類處。

《三國演義》第五十回，寫劉備和孫夫人逃出東吳，來到劉郎浦，望江沉吟時，引用「後人」一首七絕：

吳蜀成婚此水潯，明珠步障屋黃金。誰知一女輕天下，欲易劉郎鼎峙心。

這所謂「後人」詩，就是呂溫的《過劉郎浦口號》。但其中第二句應作「誰將一女輕天下」。這一字之差，便和呂詩原意似是而非，呂詩是說：劉備哪裏會因東吳一女而中了美人計，就此改變鼎足三分的雄心呢？

劉郎浦在今湖北石首縣沙步，當是呂溫謫湘中時路過所作。沙步有「先主納吳女處」，石首西南的陽岐山，因劉孫行婚禮時繡幃如林，曾改名繡林山。杜甫自公安往岳州途中，曾作《發劉郎浦》詩，中有「舟中無日不沙塵，岸上空村盡豺虎」語，可見到唐代已很荒僻了。

註釋

1 但後人如李慈銘、吳汝綸都誤以呂溫為「八司馬」，這也見得他和王叔文關係的密切。

2 岑仲勉《唐史餘瀋》、瞿蛻園《劉禹錫集箋證》皆有考析。

寒江釣雪

元和十三年（八一八），韓愈在京師，曾作《獨釣》四首，其第二、第四首云：

一徑向池斜，池塘野草花。雨多添柳耳，水長減蒲芽。坐厭親刑柄，偷來傍釣車。太平公事少，吏隱詎相賒？

秋半百物變，溪魚去不來。風能坼芡嘴，露亦染梨腮。遠岫重疊出，寒花散亂開。所期終莫至，日暮與誰回？

這時韓愈任刑部侍郎，所以説「親刑柄」，「偷來」猶言偷閒。釣車指漁具，有輪以纏絡釣絲。「吏隱」指以吏而隱，「賒」是寬鬆，「詎相賒」意即怎能放過。次首末兩句則結出獨釣的題意。

就詩而論，實是平平，無多大特色，方世舉《昌黎詩集編年箋注》：「四詩之中，纖小字太多，一首藤角芡盤，二首柳耳蒲牙，四首茨嘴梨腮，小家伎倆耳，不可法。」說得也對。韓詩是用常態心理寫的，時間在「秋半」，即夏曆八月。野草閒花，雨多水長，正是垂釣時節，也見韓公的雅興。

柳宗元在永州時，曾作一首《江雪》：

千山鳥飛絕，萬徑人蹤滅。孤舟蓑笠翁，獨釣寒江雪。

以入聲押韻，不覺拗澀，卻是用變態心理寫的。

他這時還是中年，卻已未老先衰，身多疾病，眼花心悸，腿麻膝顫。在《與李翰林建書》中，有這樣一段話：「永州於楚為最南，狀與越相類。僕悶即出遊，遊復多恐。涉野有蝮蛇大蜂，仰空視地，寸步勞倦，近水即畏射工沙蝨[1]，含怒竊發，中人形影，動成瘡痏。時到幽樹好石，暫得一笑，已復不樂。……然顧地窺天，不過尋丈，終不得出，豈復能久為舒暢哉。」永州在當時固然很荒涼鄙塞，但更重要的還是他的心境，就在上引這幾句話中，包含了這位文弱書生多少辛酸苦楚，此信卻是一篇雋永的抒情小品。

王叔文集團的失敗本來是政治上的悲劇、不幸，柳宗元又列為八司馬之一，從他謫貶生活開始，便和風雪中的漁翁相似。

五言絕句是最短小的一種體裁，這首詩卻蘊藏着最深厚、最強烈的悲劇情緒。單獨的垂釣或單獨的賞雪，原是詩詞中常見的題材，柳宗元釣的卻是寒江之雪。

鳥絕人絕，只有千山萬徑依然存在，然而千山萬徑是沒有意志、沒有個性的，唯一有意志、有個性的是這位蓑笠翁。蓑笠翁豈真為垂釣而來？他要釣的是滿江大雪，一身寒威。他害怕蝮蛇大蜂，射工沙蝨，卻不怕大雪，因為這些東西都會傷害他，江雪卻使他感到大地潔白，大氣清新，甚麼骯髒醜陋的形象都消逝了，世界好像重新建立，他的靈魂也隨之而乾淨寧靜，像個「超人」。

他平時局促在「不過尋丈」的天地中，現在他來到原野，來到江邊，千山萬徑都在他眼前，空間上的擴張使他的視野斗然開闊，通過眼線，進入心靈，外部世界無言的廣漠和寂寥，給予他以反射性的強烈刺激，從而上升為令人驚奇的審美上的積極效果。

柳宗元是一個悲劇人物，但他不願在渾渾噩噩、麻木不仁的生活中消磨着，他必須使自己的倖存生命經得住磨煉，讓意志發揮更大的力量，而又選擇在孤獨的寂滅性的環境中取得滿足，發生快感。這一行動的本身，同樣具有悲劇色彩。

王士禛《漁洋詩話》云：「余論古今雪詩，唯羊孚一贊及陶淵明『傾耳無希聲，[2]在目皓已潔』，及祖詠『終南陰嶺秀』一篇，右丞（王維）『灑空深巷靜』，韋左司（韋應物）『門對寒流雪滿山』句最佳。若柳子厚『千山鳥飛絕』，已不免俗，降而鄭谷之『亂飄僧舍，密灑歌樓』，益俗下欲嘔。韓退之『銀杯縞帶』，亦成笑柄。世人怵於盛名，不敢議耳。」士禛與宗元身世不同，遭遇不同，無法體會宗元作詩時的心境，但他評鄭、韓兩人詩卻很中肯。朱庭珍《筱園詩話》：「祖詠『終南陰嶺秀』一絕，阮亭最所心賞，然不免氣味凡近。柳子厚『千山鳥飛絕』一絕，筆意生峭，遠勝祖詠之平，而阮翁反有微詞，謂未免近俗。殆以人口熟誦而生厭心，非公論也。」可見在藝術鑒賞上，仁智之見的差異竟如此之大。祖詠原詩為《終南望餘雪》：

終南陰嶺秀，積雪浮雲端。林表明霽色，城中增暮寒。

唐汝詢《唐詩解》：「嶺陰故雪積不消，已霽則暮寒彌甚。」此詩固亦精構，但不見作者個性，柳詩的特色就在於性格化。

洪芻《洪駒父詩話》：「東坡言鄭谷詩『江上晚來堪畫處，漁人披得一蓑歸』，此村學中詩也。子厚云（指《江雪》）信有格也哉。殆天所賦，不可及也。」從格調上評賞柳詩，最為公允，只是這道理不大說得清楚。

註釋

1 射工，傳說中的毒蟲，又名蜮。口中有弩形，以氣射人影，隨所着處發瘡，不治則殺人。柳宗元《嶺南江行》也有「射工巧伺遊人影」語，所謂含沙射影，即指此。沙蝨，水邊草地的小蟲。

2 晉羊孚《雪贊》：資清以化，乘氣以霏。遇象能鮮，即潔成暉。

西岩漁翁

柳宗元的山水遊記，前人說他得力於酈道元的《水經注》，其中永州八記尤其著名。這些遊記，都是在他謫居時撰作。在古代士大夫中，這種例子很多。北宋王禹偁的《聽泉》就說：「平生詩句多山水，謫宦誰知是勝遊。南下閿鄉三百里，泉聲相送到商州。」蘇軾謫黃州時，也在《梅花二首》中說：「幸有清溪三百曲，不辭相送到黃州。」文學上的創獲補償了政治上的挫折，也說明古代還是允許罪臣有寫山水詩文的自由，其中還夾雜憤懣和牢騷。沒有這一點可憐的自由，文學史上就要喪失不少的寶貴遺產，這是連我們也要感頌皇恩浩蕩的。

永州八記分為前四記和後四記，前四記的第一篇為《始得西山宴遊記》，作於元和四年（八零九）。文中說：自從他成為可恥的罪人之後，時常惴惴不安，逢到閒暇，便信步而行。後來坐在法華寺的西亭上，遠望西山，才始感到奇異，最後終於到達西山之頂，「縈青（指山）繚白（指江河），四望如一」，然後知道過去其實談不上遊，真正之遊在這時才開始，所以題目特用「始得」。主題是寫西山的怪特，遊記的筆調卻自然蒼勁，層次分明，隱露逆境中的孤傲情緒。

他因而對西山也有特殊的感情，又作了一首名篇《漁翁》：

漁翁夜傍西岩宿，曉汲清湘燃楚竹。煙銷日出不見人，欸乃一聲山水綠。回看天際下中流，岩上無心雲相逐。

這首詩和《江雪》可說是姊妹篇，也是用入聲韻，不過這首是用七言寫，共六句。柳詩用六句的還有《獨覺》、《雨後曉行獨至愚溪北池》、《法華寺西亭夜飲》等。

詩中的西岩即西山，在零陵縣西湘江外。欸乃是搖櫓聲，「岩上無心雲相逐」，用陶淵明《歸去來辭》的「雲無心而出岫」句意，這句應在「雲」字下一逗，即「無心雲」連讀。「不見人」之「人」指漁翁。

全詩用靈活的手法，寫眼中事物變化之倏忽，剛才還明明看到漁翁在汲水燒火，忽然不見了。接着聽到櫓聲，搖出綠意，再回過身來，只見漁船彷彿自天際而來，由此放乎中流。

在現實生活中，這是很平凡的事情：宿在西山旁邊的漁翁，一早起來就向湘江汲水，然後燒竹煮飯。等到飯後日出，他便搖船而去捕魚，也即謀生，可是當「身邊瑣事」經過藝術的熔鑄後，詩人得到了創作慾上的快感，讀者的審美情趣也活躍起來。

末兩句指漁船的中流漂浮，聽其自然，就像出岫的浮雲那樣隨意移動。逐是雲朵自身的追逐，並非指漁船向雲逐來。

可是這兩句卻引起一段公案，從北宋到清代，都在議論紛紛，各執一詞。最早提出的大概是蘇軾，見於惠洪《冷齋夜話》卷五：「東坡云，詩以奇趣為宗，反常合道為趣。熟味此詩（指《漁翁》）有奇趣，然其尾兩句，雖不必亦可。」嚴羽《滄浪詩話》贊同蘇説：「東坡刪去後二句，使子厚復生，亦必心服。」胡應麟《詩藪．內編》卷六，先引劉辰翁之説：「劉以為不類晚唐，正賴有此。」胡氏自己以為應刪：「然加此二句為七言古，亦何詎勝晚唐？故不如作絕也。」李東陽《懷麓堂詩話》，也以為若只存前四句，「則與晚唐何異」？王世貞《藝苑巵言》卷四：王勃「河橋不相送，江樹遠含情」，杜荀鶴「承恩不在貌，教妾若為容」，都是五言律詩，「然去後四句作絕，乃妙」，但對東坡欲去「遙看天際」二語，「吾所未解耳」，意即不贊同蘇說。王士禛《居易錄》，也認為只以「欸乃一聲山水綠」作結，當為絕唱，添二句反成蛇足，並說：「坡公《吳興飛英寺詩》起四句云：『微雨止還作，小窗幽更妍。盆山不見日，草木自蒼然。』古今妙絕語，然不若截取四句作絕句尤雋永。」

綜合諸家論點，贊同蘇說的，以為刪去這兩句，便成為絕妙七絕；不贊同蘇說的，認為刪去後便與晚唐無異，即只是在體裁、時代上之爭，而與東坡原意並不符合。與晚唐何異又有甚麼關係？盛唐、中唐詩人之詩，和晚唐人無異的本也不少，只問這些詩本身價值如何。至於古風與絕句，更是無謂。關鍵在於這兩句在詩境上有無必要？蘇軾是從審美心理出發，柳宗元是寫實：先聞櫓聲，後見船行，時方清晨，雲才出岫。

李白《夢遊天姥吟留別》是名篇，末兩句「安能摧眉折腰事權貴，使我不得開心顏」，近人談到李白此詩，常多讚賞，以此引證李白的高傲，元范德機（范梈）卻評云：「結語平衍，亦文勢當如此。」（見王琦註本）說得很有道理，「亦文勢當如此」，意即只是沿着文勢而說。不事權貴，不慕榮利，自然是高尚的風格，但不要落入套子，落入套子，反嫌俗濫。岑參的《與高適薛據登慈恩寺浮圖》，亦為人傳誦，後半首云：「秋色從西來，蒼然滿關中。五陵北原上，萬古青濛濛。淨理了可悟，勝因夙所宗。誓將掛冠去，覺道資無窮。」末兩句也嫌蛇足，近於門面話，但因他是登佛塔而作，「亦文勢當如此」。可見詩要寫得自始至終，大氣瀰漫，不著浮文游詞，實在大不容易。

曉行之詩

曉行是古代詩人愛寫的一個題材，方回《瀛奎律髓》因而特闢一組。有的作於旅途中，有的作於早起散步時。杜甫《早起》就說「一丘藏曲折，緩步有躋攀」。柳宗元在永州時，清曉起來，就常常往山村獨自散步，先舉《秋曉行南谷經荒村》：

杪秋霜露重，晨起行幽谷。黃葉覆溪橋，荒村唯古木。寒花疏寂歷，幽泉微斷續。機心久已忘，何事驚麋鹿？

秋天彷彿是失意人的季節，何況又值深秋的早晨，各種感覺更易在踽踽獨行時顯得敏銳。

南谷在永州鄉下，「霜露重」見得秋深而日未出。黃葉何以覆蓋溪橋？因為古木之多，然而也只有一些古木，所以成為荒村。古木之外，雖有寒花，卻很疏落，雖有幽泉，卻不流暢，仍然是深秋的荒村。

鹿性馴良，本不避人，杜甫《曉望》即說：「荊扉對麋鹿，應共爾為群。」柳宗元本已無機心（權術之心），超然世外，所以頗以麋鹿見了還要驚懼而詫異。

還有一首《雨後曉行獨至愚溪北池》：

> 宿雲散洲渚，曉日明村塢。高樹臨清池，風驚夜來雨。予心適無事，偶此成賓主。

「高樹臨清池」句，如果沒有下一句的「風驚夜來雨」，就覺很平常，有了下一句，便覺思妙景奇：因為夜來之雨正是從高樹散落，雨經風吹而受驚下墜，同時使人聯想池中之水的飽滿情景。

最後是由外物而進入內心，使兩者結成賓主，似乎很暢快，但「予心適無事」的「適」是偶然的暫時的表示，說明平日心中並非無事，因而是曲折的自我揭示。

永州司馬是個閒職，使他有機會常至荒村散步，連雨後的泥濘也不在乎；然而永州司馬又是謫官，謫貶的原因並非由於政績上、品德上的過失，心中怎能無事？他的矛盾和苦悶，只好假借外物以求取和諧與平衡，實際是很勉強的。他一再說已無機心，就詩而論，固嫌過露，就人而論，機心雖沒有，委屈、牢騷卻是隨處在流露。韓柳二公，都是不甘寂寞的人，真要他們去做忘懷得失、和麋鹿共處的隱士，也未必情願的。

說到曉行詩，大家自然會想起溫庭筠的《商山早行》：

> 晨起動征鐸，客行悲故鄉。雞聲茅店月，人跡板橋霜。槲葉落山路，枳花明驛牆。因思杜陵夢，鳧雁滿回塘。

溫庭筠本是今山西祁縣人，因安家於長安，便把長安說成故鄉了。

李東陽《麓堂詩話》：

> 雞聲茅店月，人跡板橋霜，人但知其能道羈愁野況於言意之表，不知二句中不用一二閒字，止提掇出緊關物色字樣，而音韻鏗鏘，意象具足，

始為難得。

他的意思是說，這兩句無名詞以外的其他詞彙，只選擇關鍵性的名詞組成。用現代語法來說，這是一種句子形式做謂語，元人馬致遠《天淨沙．秋思》的「枯藤老樹昏鴉，小橋流水人家，古道西風瘦馬」，[1]也是這種結構。

何焯評溫詩二語云：「中四句從『行』字，次第生動。」說得很精到。溫詩馬曲雖然只有名詞，沒有動詞，但從形象上已意味着旅人在活動着，溫詩的行動又只能是拂曉。

雞在茅店啼叫，殘月尚在天邊，客人聞聲而起，隨即登上車馬，到了板橋，橋霜上已有人跡了。言下之意，還有比他更早的人。兩句中既有空間，又有時間，而貫穿於空間和時間的是詩人的行動。

五六兩句無甚特色。就是三四兩句，一加比較，「人跡」句也不及「雞聲」句意境深遠。末兩句卻可以從兩方面評論：杜陵在長安，說優點是和第二句首尾呼應，說缺點，則如紀昀所說，末兩句和第二句復衍，杜陵和故鄉其實是一事。

唐求也有一首《曉發》：

旅館候天曙，整車趨遠程。幾處曉鐘斷，半橋殘月明。沙上鳥猶睡，
渡江人未行。去去古時道，馬嘶三兩聲。

唐求為唐末人，隱居不仕。三四兩句，可與溫詩並美。曉鐘斷而說幾處，可見還有未斷處，殘月明而說半橋，是說走完全橋，月已隱沒。五六兩句，陸貽典以為從崔塗《夕次洛陽道中》的「高樹鳥已息，古原人尚耕」脫出，但崔詩是寫暮景。劉禹錫《途中早發》，有「寒樹鳥初動，霜橋人未行」語，唐求詩不一定用劉詩意，其中卻有契合處。

南宋劉克莊的《早行》，也是較著名的一首：

店嫗明燈送，前村認未真。山頭雲似雪，陌上樹如人。漸覺高星少，
才分遠燒新。何煩看堠子，來往暗知津。

第一句寫人將離店，所謂店只是山村農家，故曰店嫗。「明燈送」寫天色尚黑，其中有風土人情。三四兩句，旅人已在途中，雲似雪，樹如人，是「認未真」的具

體化。接下來是天色漸亮，由「認未真」而「才分」，已能認得遠處的煙火，「新」指才起火，仍隱括早。末兩句是說，出門多年，不必再看標記里程的土堆，即已知道路程，俗所謂老馬識途，詩人也為自己久疲風塵而感慨了。

註釋

1 這首小令作者，王國維《宋元戲曲史》中作無名氏，又據現代學者考證，是金元間馬寅所作，寅字致遠。

美好出艱難

柳宗元從永州赴柳州途中，曾經寫過一首《嶺南江行》：

> 瘴江南去入雲煙，望盡黃茆是海邊。山腹雨晴添象跡，潭心日暖長蛟涎。
> 射工巧伺遊人影，颶母偏驚放客船。從此憂來非一事，豈容華髮待流年。

象跡指大象之跡，何焯《義門讀書記》卷三十七引《近峰聞略》：「廣西象州，雨後山中遍成象跡，而實非有象也。」射工是傳說中的蟲，形體似弩，善於含沙射影，被射中的人無法醫治。白居易《送客南遷》，也有「水蟲能射影，山鬼解藏形」語。颶母指颶風出現前雲霓。末兩句為自己擔心，今後可以悲憂的事不止一端，可是能等待他的歲月卻不多了。

明王會昌《詩話類編》卷二十八，將柳詩和李德裕貶崖州時的《嶺南道中》並提：

嶺水爭分路轉迷，桄榔椰葉暗蠻溪。愁衝毒霧逢蛇草，畏落沙蟲避燕泥。[1]五月畬田收火米，三更津吏報朝雞。不堪腸斷思鄉處，紅槿花中越鳥啼。

王氏評云：「宗元以附伾、文被罪，德裕以同列相擠致禍。觀其詩句，則一時風俗景象，皆畏土也。而流離困苦，何以堪之。二公之才之行，皆有可取，非純於小人者也，而卒貶死於災荒之地，哀哉。若論德裕，有功而無罪者也，而君相以私喜怒黜之，則唐之不競也，宜哉。」這說得很警闢、很公允。宗元貶柳州，在貶永州後。德裕先於宣宗大中元年（八四七）冬貶潮州司馬，次年九月再貶崖州（後來的海南島），後於宗元之謫貶三十餘年。

中唐的政治風波，憲宗元和初二王集團的失敗是一個高潮，至李德裕之被貶逐，又是一個高潮。牛李黨爭由此而結束，天下愈益混亂，即王氏所謂「唐之不競也」。

李德裕的執政是在憲宗的孫子武宗會昌時，武宗有一個叔父李忱，曾封光王。武宗生前，對光王不尊重、不禮遇。武宗死後，不想登位的卻是光王，即是宣宗。前人記載中，也有說武宗欲害死光王，這固然不可靠，但武宗在位時，對這位叔父很忌憚也是事實，宣宗自必懷恨，因而登位後便遷怒於李德裕。歷代的政治風波，和宮闈之間內部的傾軋疑忌，往往有密切關係。貶斥二王集團的憲宗，貶斥李德裕的宣宗都不是庸主昏君，宣宗還有「小太宗」之美稱，而在這兩次政潮中卻做得很不高明，歷史的複雜性往往如此。

李德裕是很果斷有魄力的，執政時，反對藩鎮割據，抑制宦官勢力，駁斥江湖邪說，取消進士限額，這些也可看作永貞革新的繼續，故而他貶官時，有人作「八百孤寒齊下淚，一時回望李崖州」的詩。

德裕南貶時，其妻劉氏，兒子渾、矩及女同行。這時劉氏已患病多年，因不忍與德裕相別，所以也扶病相從。洪邁《容齋續筆》卷一，記德裕在崖州時，表弟某侍郎（姚勗）遣人贈以衣物，德裕答書云：「大海之中，無人拯恤。資儲蕩盡，家事一空，百口嗷然，往往絕食，塊獨窮悴，終日告飢。唯恨垂沒之年，須作餒而之鬼。」可見其處境的艱苦悲慘。

德裕除政治才能外，文學上也很有成就，在流放旅程中，除上述一首外，還寫過《盤陀嶺驛樓》：

嵩少心期杳莫攀，好山聊復一開顏。明朝便是南荒路，更上層樓望故關。

盤陀嶺當在河南境。又如《到惡溪夜泊蘆島》：

甘露花香不再持，遠公應怪負前期。青蠅豈獨悲虞氏，黃犬應聞笑李斯。
風雨瘴昏蠻日月，煙波魂斷惡溪時。嶺頭無限相思淚，泣向寒梅近北枝。

惡溪即韓愈驅鱷魚處，亦名韓江。遠公為東晉名僧慧遠，曾與高士劉遺民等結社於廬山不出。這裏借喻自己未能及早歸隱山林。三國吳虞翻放廢南方時，曾有「死以青蠅為弔客」語，含牢騷意。末句則謂雖身謫嶺南，仍懷戀長安。

又有一首《登崖州城作》，尤為悲涼激越：

獨上高樓望帝京，鳥飛猶是半年程。青山似欲留人住，百匝千遭繞郡城。

李商隱曾因李德裕之貶逐，作七絕《李衛公》：

絳紗弟子音塵絕，鸞鏡佳人舊會稀。今日致身歌舞地，木棉花暖鷓鴣飛。

首句指德裕門下士之隔絕，次句喻同道者之難見。第三句是虛寫，第四句為實景，總言其置身嶺外，繁華已盡，唯木棉花開，鷓鴣飛翔而已。

又有一首《李將軍》：

雲台高議正紛紛，誰定當時蕩寇勳？日暮灞陵原上獵，李將軍是舊將軍。

這是用西漢李廣故事，慨嘆德裕等會昌功臣之被排斥。德裕卒後，汪遵有《題李太尉平泉莊》詩：

平泉花木好高眠，嵩少縱橫滿目前。惆悵人間不平事，今朝身在海南邊。

可見宣宗君臣之處置德裕，頗為當代文士所不平。

到了蘇軾貶惠州（今廣東惠陽）時，至贛江過惶恐灘，曾作七律一首：

七千里外二毛人，十八灘頭一葉身。山憶喜歡勞遠夢，地名惶恐泣孤臣。

長風送客添帆腹，積雨浮舟減石鱗。便合與官充水手，此生何止略知津。

二毛指頭髮黑白相間的垂老之人。蜀道有錯喜歡鋪，這是以「錯喜歡」自嘆鄉夢遼繞。惶恐灘為十八灘最險惡的一灘。黃庭堅也有「五更歸夢三千里，一日思親十二時」句，與柳宗元的「一身去國六千里，萬死投荒十二年」，意境皆有近似處。

蘇軾距柳宗元、李德裕時已有二百餘年，朝代也是兩個，然而黨爭不已，政潮起伏，士大夫的命運也常在顛蕩之中，而好多感情真摯的遷謫詩，也成於憂患之中。生活既在折磨詩人，又在成就詩人，借用蘇軾《和陶西田獲早稻》一句詩，也便是「美好出艱難」。

註釋

1 沙蟲，《藝文類聚》引《抱朴子》：「君子為猿為鶴，小人為蟲為沙。」李詩實用其典。新版《辭源》沙蟲條引李詩而釋為「即沙蝨」。似誤。燕泥，疑用薛道衡因詠「空梁落燕泥」句而被隋煬帝所殺典。此事雖不可靠，但當時傳說或已頗盛。

柳宗元與柳州

柳州地處柳江（古稱溜江）沿岸，和黔桂、湘桂等鐵路交會，現在是廣西工業基地和交通樞紐。那地方環山抱水，氣候溫和，物產豐饒。秦始皇時，屬桂林郡，隋時稱馬平縣，據說因柳江至此曲折而成馬蹄形，城的三面則是闊野平原，故而得名。唐天寶元年一度稱龍城，至乾元元年，復為柳州。天寶年間有二千二百三十戶，一萬一千五百餘人。柳宗元有一首《種木槲花》：

上苑年年重物華，飄零今日在天涯。只應長作龍城守，剩種庭前木槲花。

槲即松槲，龍城就是用舊稱。他的《柳州寄京中親故》，也有「勞君遠問龍城地，正北三千到錦州」語。錦州治所在今湖南麻陽，意謂北指錦州已有三千五百里，則距京師自更遙遠。

唐代柳州治所位於今柳州江北，州衙和縣衙相鄰，衙城內全為官邸，環繞衙城外為市街，唐宋時皆為土城。柳宗元在《柳州復大雲寺記》中說：「水北環池城六百室，水南三百室。」水南為舊城，水北為新城，以此推知新城住戶比舊城多一倍。

柳宗元的原籍是山西永濟，屬河東郡，世稱柳河東，生長於京都長安。他年輕時，怎麼會想到最後死於僻遠的柳州呢？古人稱官場為宦海，即因常有風波之故，陸游《休日寄興》便有「宦海風波實飽經，久將人世寄郵亭」之句。馮承鈞譯《馬可波羅行紀》的《蘇州城》註五引舊時諺語云：「生在蘇州，住在杭州，食在廣州，死在柳州」，不知是否指柳州的棺材堅牢之故？

當時柳州風俗鄙陋，吏治腐敗，盜賊橫行，百姓遭殃，柳宗元在《寄韋珩》詩中說：「到官數宿賊滿野，縛壯殺老啼且號。飢行夜坐設方略，籠銅（鼓聲）枹鼓手所操。奇瘡釘骨狀如箭，鬼手脱命爭纖毫。今年噬毒得霍疾，支心攪腹戟與刀。邇來氣少筋骨露，蒼白瀄汩盈顛毛。」刺史為親民之官，柳宗元便親自坐鎮，擊鼓示威。時當炎夏，卻陰森蔽日，蟲蛇出沒，使他身染毒瘡，後來又得了疫病，因而人很消瘦，頭髮蒼白。

在《柳州峒氓》中，他對當時的民俗作了這樣的描寫：

郡城南下接通津，異服殊音不可親。青箬裹鹽歸峒客，綠荷包飯趁虛人。

鵝毛御臘縫山罽，雞骨占年拜水神。愁向公庭問重譯，欲投章甫作文身。

峒通「洞」，峒氓指僮族。趁為趕集，虛人即墟人，指村民。第五句指峒人用鵝毛縫被，第五句指灼雞骨以占卜。《史記．武帝紀》曾記越巫取雞兩眼，骨上自有孔裂，似人物形則吉，不足則凶。可見漢代已有這種風俗。越通粵，古代的百粵即包括今之兩廣。宋周去非《嶺外代答》對雞卜有詳細的記載，則是用小雄雞的腿骨占卜。蘇軾《雷州》詩：「呻吟殊未央，更把雞骨灼」，他的《潮州韓文公廟碑》說：「爆牲雞卜羞我觴」，可見宋代還在沿用。

由於和僮族言語不通，只得請他人翻譯，因而想脫下儒冠（章甫），永遠作個斷髮文身的越人。《莊子．逍遙遊》：「宋人資（賣）章甫適諸越，越人斷髮文身，無所用之。」柳詩則反用其意。

此詩開頭原說「異服殊音不可親」，末句卻有終老柳州之意，正如錢謙益所說：「將老為峒氓，豈復計其不可親也？反覆呼應，哀怨不可讀。」（《唐詩鼓吹評注》）

上兩首是記事的，再舉幾首抒情的。

《酬曹侍御過象縣見寄》云：

破額山前碧玉流，騷人遙駐木蘭舟。春風無限瀟湘意，欲採蘋花不自由。

破額山當在象縣附近。三四兩句用梁朝柳惲《江南曲》中語意：「汀洲採白蘋，日落江南春。洞庭有歸客，瀟湘逢故人。」宗元由湖南永州改遷柳州，詩意是說，春風猶含瀟湘情意，只是自己已身處柳州，故也無法採白蘋以寄故人，意即和曹侍御無法相見。宋葉夢得《賀新郎》詞：「樓前無限滄波意，誰採蘋花寄取，但悵望蘭舟容與。」即從此出。

《柳州二月榕葉落盡偶題》云：

宦情羈思共淒淒，春半如秋意轉迷。山城過雨百花盡，榕葉滿庭鶯亂啼。

雨過花盡，落葉滿庭，群鶯亂啼，此在仲春時節，本亦常見景象，只因身在貶地，宦情羈思，常感悲悽，遂覺春半如秋。劉永濟《唐人絕句精華》：「此詩不言遠謫之苦，而一種無可奈何之情，於二十八字中見之。」

《與浩初上人同看山寄京華親故》云：

海畔尖山似劍鋩，秋來處處割愁腸。若為化得身千億，散上峰頭望故鄉。

山指仙人山。因是仙山，故有化身千億的聯想。蘇軾《東坡題跋》：「僕自東武適文登，並海行數日，道旁諸峰，真若劍鋩。誦柳子厚詩，知海山多爾耶？」他的《白鶴峰新居欲成夜過西鄰翟秀才》即有「割愁還有劍鋩山」句，這時他也以逐臣而謫海南，所以也易於共鳴。

還有一首《種柳戲題》：

柳州柳刺史，種柳柳江邊。談笑為故事，推移成昔年。垂陰當覆地，聳幹會參天。好作思人樹，慚無惠化傳。

柳州的柳刺史，種柳於柳江邊，也可視為「四柳」佳話。後人一提到，必會想起柳宗元。末兩句用《左傳》定公九年「思其人，猶愛其樹」典，這是他自謙之詞，但柳宗元在任刺史期間，確為地方做了些好事。

荔丹蕉黃柳侯進堂

柳宗元在柳州時，寫過一篇《童區寄傳》。文中記述一個十一歲的牧童區寄，被兩個歹徒劫持，準備到市集中去出賣。不想那兩個歹徒，反在中途被區寄殺死，區寄自願將此事呈報官府。刺史顏證想留區寄為小吏，區寄不肯，便遣吏護送還鄉。區寄本是良人（平民），這次如果不依靠自己的智勇之力鬥爭，就將淪為奴婢了。

這篇傳記，和柳宗元本人的解放奴婢的行事沒有直接關係，但全文前面有這樣一段議論：當時賣兒女之風盛行，父兄以此牟利，漢官因為於自己有利，就聽從而不過問，當地人口因而大為減耗。漢官指漢人的官員，此處所以特別表明，意思是出賣兒女的都是僮族。章士釗《柳文指要》卷十七云：「房啟以容州刺史進而經略容管，曾獻南口十五人於朝，以王叔文之黨而有此事，則當時之官場弊習可想。」一宗元之撰此文，一是表彰區寄的剛烈果敢，二是對賣奴之風的痛恨。

唐代的法律原是禁止掠賣良人做奴婢，但不論古今，法律和現實往往是風馬牛。

柳宗元深知其弊，因而制定了一項政策，凡是因借債而將男女抵押的，奴婢事後可以用錢贖身，成為良人，如果無力償還債款的，奴婢可向主人計算工錢，到工錢和債款相抵時，奴婢的身份就解除了。新舊《唐書》對柳宗元此舉特予記載，韓愈任袁州（今江西宜春）刺史時，也有這項措施，可見明智之士無不反對人身買賣。

蘇軾任定州知州時，也處理過類似的案件，他的《劉醜廝詩》，即記其事，其中說：劉醜「譊譊訴我庭，慷慨驚吾僚。曰此可名寄，追配郴（應作『柳』）之蕘。恨我非柳子，擊節為爾謠」，便是以劉醜並配區寄。

在柳集中，還有一篇《井銘》，前有小序，大意說：柳州人起先都是用陶器盛江水，還不曾用井水。但江岸高峻，逢到旱天，水源很遠，步行上下，取水更困難。雨多時，又易滑跌，因而民間頗有怨言，怨言不能解決實際的困難，柳宗元便興工在城中開井，不到一個月，井築成了，水自然比江水清涼滿盈。水是人民日常生活的重要資源，人民怎麼不感激柳刺史呢？

還有一首《柳州城西北隅種甘（柑）樹》：

手種黃甘二百株，春來新葉徧城隅。方同楚客憐皇樹，不學荊門利木奴[1]。幾歲開花聞噴雪，何人摘實見垂珠？若教坐待成林日，滋味還堪養老夫。

這首詩固然有以屈原作《橘頌》自喻之意，但種柑數目多至二百株，並且希望日後能成林，那還是為地方設想的。他死後，柳州人民即在其地建柑子堂，清乾隆間在羅池另建柑香亭。宋陶弼《柑子堂》詩云：

子厚才名甲有唐，謫官分得茘枝鄉。羅池水盡黃柑死，獨有空碑在畫堂。

羅池在柳州城東，池水澄碧，舊時為柳州八景之一。宗元歿後三年，即長慶元年（八二一），柳州人民在羅池建廟，奉宗元為羅池之神，並由謝寧至京師請韓愈撰《柳州羅池廟碑》，文中對宗元在柳州的政績作了多方面的稱揚，筆調則親切樸茂，如「宅有新屋，步有新船。池園潔修，豬牛鴨雞，肥大蕃息」，娓娓寫來，也表現了對亡友的眷戀之情，末又用《騷》體作歌辭云：

荔子丹兮蕉黃，雜肴蔬兮進侯堂。侯之船兮兩旗，度中流兮風泊之。待侯不來兮不知我悲。侯乘駒兮入廟，慰我民兮不嚬以笑。鵝之山兮柳之水，桂樹團團兮白石齒。侯朝出遊兮暮來歸，春與猿吟兮秋鶴與飛。（下略）

我們現在已經無法想像，柳宗元在臨終時的悲慘景象。據韓碑說，宗元在前一年已預感到「明年吾將死，死而為神，後三年，為廟祀我」。可見他對柳州的深情。我們也寧信他的精魂毅魄，在鵝山（柳州八景之一）柳水、桂樹白石之間徜徉低徊，長護斯民。

韓愈文中的「柳侯」，只是一種尊稱，就像稱「柳公」一樣。但宋徽宗時曾追封柳宗元為文惠侯，羅池廟也改名柳侯祠，高宗時又封為文惠昭靈侯。清代曾以柳侯祠為柳江書院，也含紀念意思。現存的柳侯祠根據清代模式重建，共三進，磚木結構，粉牆墨瓦，曲徑迴廊。柳侯祠附近有衣冠塚、思柳軒等。祠內有蘇軾所書的《荔子碑》，因韓愈歌辭第一句為「荔子丹兮蕉黃」，故名，後世乃有「韓詩蘇字柳事碑」之稱。此碑書法，和《豐樂亭記》、《醉翁亭記》、《表忠觀碑》並稱東坡書法中四大名碑。原刻的碑石曾被毀壞，南宋嘉定時重新刻石，又因兵火使碑角損殘，人稱「斷碑」。明洪武時因修城而復得缺失部份，故現存的《荔子碑》，石刻雖斷，碑文猶全。

《東坡題跋》卷二：「韓退之詩云：水作青羅帶，山為碧玉簪。柳子厚詩云：海上群山若劍鋩，秋來處處割愁腸。陸道士云：二公當時不相計，會好做成一屬對。東坡為之對云：系悶豈無羅帶水，割愁還有劍鋩山。此可編入詩話也。」這也可作三賢翰墨因緣的補充。

註釋

1 木奴，指柑橘。三國襄陽人李衡於宅邊種橘千株，臨死時對他兒子說：我有千頭木奴，你將來足夠資用。宗元之意，他的種柑樹，並不是像李衡那樣為了有利可圖。

愚溪歲月

蘇軾《故周茂叔先生濂溪》結末有這樣兩句：「應同柳州柳，聊使愚溪愚。」這兩句都是詠柳宗元謫居時的故事。愚溪歲月，是他生命中的重要過程，也具有悲劇色彩。

零陵縣西南有一條小溪，本名冉溪。元和五年（八一零）夏秋之間，柳宗元從城中遷居於冉溪，另築家園，改名愚溪，並將小丘、泉水、溝渠等八處，都加上愚字，如愚丘、愚泉、愚渠，寫成《八愚詩》，刻在岩石上，可惜八首詩皆已佚失。

他為甚麼特地用上愚字呢？在《愚溪對》中，曾假借夢中和溪神辯論，表達他的意圖。

先是溪神責問柳宗元：你為甚麼侮辱我，使我成為愚？有其實才有其名，例如惡溪、弱水、濁涇、黑水都是名實相符的。現在我很清很美，又為你所喜歡，我的功勞可以普及田畝，力量可以運載渡船，你看中這地方，非但不感激反而誣枉我？

宗元回答說：你的確無愚之實質，但因我之愚而偏偏喜歡卜居於此，你怎麼逃得掉這一壞名聲？明王之世，智者用，愚者優。你這地方離王都三千餘里，偏僻荒涼，只有犯罪受辱愚陋的人才適合伏身。你想得到智之名麼？那麼，為甚麼不去召呼聰明精悍、手握重柄、主宰天下的人來居住呢？

溪神說：這話倒也有理，但你的愚陋怎麼會牽及到我頭上呢？

宗元答道：我的愚即使涸盡溪流，也不夠濡沾我的筆端。逢到冰雪嚴冬，人家穿皮裘我卻穿單衫，大熱天人家迎風納涼我卻靠近火堆。腳踏陷阱，頭抵木石，仆在毒蛇上，我遲鈍到不知恐懼。「進不為盈，退不為抑。荒涼昏默，卒不自克。」我因此而使你受污辱，可以不可以呢？

溪神聞而大為嘆惜，以至涕泣交流，舉手而辭。

他又寫過一篇《愚溪詩序》，其中說：寧武子「邦無道則愚」，顏淵「終日不違如愚」，都算不得真愚。現在我生在有道之世，行為卻是違理悖事，所以，任何人都比不上我的愚陋。

這兩篇文章的憤激牢騷情緒是很顯明的，韓愈所謂「物不得其平則鳴」，如果在清代文字獄高潮時期，以逐臣而寫這樣文章，必然罪加一等，不堪設想。

何焯說《詩序》「詞意殊怨懟不遜，然不露一跡」。袁昶說：「蓋子厚徒以文辭鳴，特自託於曠達，以寄其牢騷不平之氣耳，其實於天人性命之源，未及夢見。」林紓說《愚溪對》「有悔過意，有引罪意，則發其無盡之牢騷，洩其一腔之悲憤」。他們對柳宗元的評價也許並不正確，但都認為《詩序》和《對》是有怨懟牢騷之意，林紓的悔過、引罪云云並無根據，不知是否因為看了柳文表面上認罪的話？以林氏的學識似不至如此蒙昧，否則，倒真的「愚陋」了。

章士釗《柳文指要》卻說：「此為子厚《騷》意最重之作，然亦止於為《騷》而已，即使怨家讀之，亦不能有所恨，以全部文字，一味責己之愚，而對任何人都無敵意，其所謂無敵意者，又全本乎真誠，而不見一毫牽強，倘作者非通天人性命之源，決不能達到此一境地。」因而以何、袁、林的話都不正確。既然是《騷》意最重之作，就不可能對任何人都無敵意，只要看看「胡不呼今之聰明皎厲、握天子有司之柄以生育天下者」這幾句話，他對趨時媚世的權貴的敵意，誰都可以看得出，在《對賀者》中又說：「嘻笑之怒，甚乎裂眥，長歌之哀，過乎慟哭。」同樣是這種鬱結情緒的自我發洩。

少時陳力希公侯，許國不復為身謀。風波一跌逝萬里，壯心瓦解空縲囚。縲囚終老無餘事，願卜湘西冉溪地。卻學壽張樊敬侯，種漆南園待成器。

《冉溪》

這也是感慨年輕時為國盡力的雄心，到了中年，卻完全空拋，反成為罪囚，囚老無事，只好閒居冉溪，仿效後漢樊重種漆南園故事。樊重曾封壽張侯，謚曰「敬」。他種漆樹時曾被人譏笑，但積以歲月，器物皆得其用。宗元用這典故，說明他心頭還有火焰在燃燒，對現實還未絕望。

又如《溪居》云：

久為簪組累，幸此南夷謫。閒依農圃鄰，偶似山林客。曉耕翻露草，夜榜響溪石。來往不逢人，長歌楚天碧。

開頭兩句，也是反話，與蘇軾《六月二十日夜渡海》的「九死南荒吾不恨，茲遊奇絕冠平生」有相近處。後面三句，寫他晚上還在泛舟溪中，「來往不逢人，長歌楚天碧」，與《江雪》的「獨釣寒江雪」文異而境同，同是「長歌之哀，過乎慟哭」。

悠悠雨初霽，獨繞清溪曲。引杖試荒泉，解帶圍新竹。沉吟亦何事，寂寞固所欲。幸此息營營，嘯歌靜炎燠。

《夏初雨後尋愚溪》

他真的喜歡寂寞麼？看末句「嘯歌靜炎燠」，便不難窺見他的處於壓制中複雜矛盾的心情。在《中夜起望西園值月上》的結末說：「倚楹遂至旦，寂寞將何言？」這時是繁露紛墮的秋冬之間的深夜，他已經睡了，忽然又起身開戶而向西園，他看到寒月上嶺，遠聞石泉流響，山鳥偶而送來啼聲，他竟然倚柱而至天明，整個身心被一大片寂寞包圍着，可是這寂寞又向誰申訴呢？讀者彷佛也感染到一種歷史的寂寞。

柳宗元歿後三年（八二二），他的摯友劉禹錫曾作《傷愚溪三首》，前有小引：「故人柳子厚之謫永州，得勝地，結茅樹蔬，為沼沚，為台榭，目曰愚溪。柳子沒三年，有僧遊零陵，告余曰：愚溪無復曩時矣。一聞僧言，悲不能自勝，遂以所聞為七言以寄恨」：

溪水悠悠春自來，草堂無主燕飛回。隔簾唯見中庭草，一樹山榴依舊開。
草聖數行留壞壁，木奴千樹屬鄰家。唯見里門通德榜，殘陽寂寞出樵車。
柳門竹巷依依在，野草青苔日日多。縱有鄰人解吹笛，山陽舊侶更誰過？

草聖數行指柳宗元擅章草，木奴指橘樹，宗元在永州時曾種柑橘。通德榜用後漢經師鄭玄家門有通德門之稱的典故，鄰人吹笛用向秀傷懷好友嵇康、呂安典故。劉禹錫也是八司馬之一，這時在夔州，宗元之歿雖只三年，而愚溪已非復舊觀，他的家園就有樵車出入了。

瞿蛻園《劉禹錫集箋證》云：「劉、柳交情非等倫，故詩既真率復沉摯，柳以書名，據其詩集，在永州種果樹藥草，頗費經營，故草聖木奴之句皆紀實也。令人想見其在時風致，得此僧所言而詩愈有味。」

瞿氏的《箋證》全稿完成於一九六五年，本人慘歿於十年動亂中，至一九九零年才得出版，亦含紀念意義，今讀劉詩「縱有鄰人解吹笛，山陽舊侶更誰過」句，輒為惘然。

柳州書法

在前一篇《愚溪歲月》中，曾引劉禹錫「草聖數行留壞壁」句，說明柳宗元於詩文之外，還工書法，此篇就作為專題來談。

所謂柳州書法，頗為後人稱道，以致與柳公權相混淆。宗元撰作的若干碑誌，即由他自己書寫刻石，如《南嶽般舟和尚第二碑》、《南嶽大明寺律和尚碑》等。他在《與李睦州（幼清）論服氣書》中，曾自述其苦學書法的經過，又在《與呂恭論墓石中書》中說：「僕蚤（早）好觀古書，家所蓄晉魏時尺牘甚具。又二十年來，遍觀長安貴人好事者所蓄，殆無遺焉。」章士釗《柳文指要》說：「由是觀之，子厚於書，殆未嘗有本師，而特伏攻故書，及博覽魏晉名人手札，而能自得師以底於成也。」這推測是對的。

在詩篇中，記述宗元書法軼事的，要推他和劉禹錫之間唱和的那幾首，對「元和腳」的出處也很引起後人的興趣。

宗元在柳州時，曾寫了一首《殷賢戲批書後寄劉連州並示孟崙二童》，前有自註云：「家有右軍書，每紙背庾翼題云：王會稽六紙，二月三十日誉觀。」這「右軍書」不知是否真跡？因王羲之曾任會稽內史，故稱。殷賢生平不詳，劉連州指禹錫時任連州（今廣東連縣）刺史，孟、崙二童為禹錫兒子。[1]詩云：

書成欲寄庾安西，紙背應勞手自題。聞道近來諸子弟，臨池尋已厭家雞。

庾翼為東晉名將，曾任安西將軍，這裏借喻劉禹錫。庾翼書法，和王羲之齊名，但羲之是後進，翼曾與人書云：小兒輩賤家雞，愛野雉，皆學逸少書，須吾還叱之。後世也以家雞野鶩比喻不同的書法風格。蘇軾《書劉景文所藏王子敬帖》：「家雞野鶩同登俎，春蚓秋蛇總入奩。」陳師道《贈吳氏兄弟》亦云：「不解征西諸子弟，卻憐野鶩厭家雞。」這是指劉家子弟，這時都在學柳州書法。又據趙璘《因話錄》：當時後生多學柳宗元書，其中尤以章草為時所寶。則詩中的「諸子弟」，恐也包括當時其他學柳書的少年人。

禹錫答以《酬柳柳州家雞之贈》：

日日臨池弄小雛，還思寫論付官奴。柳家新樣元和腳，且盡姜芽斂手徒。

此詩中有幾處後人解釋頗為分歧：（一）官奴指的是誰？柳集舊註引褚遂良撰《王右軍書目》，第一為《樂毅論》，第十九有與官奴小女書，以為官奴當是羲之女兒。章士釗以為官奴為子敬（王獻之，羲之兒子）小名，非女兒，這裏是禹錫指自己兒子孟郎、崙郎，並舉姜宸英題跋及羲之《官奴小女玉潤帖》為證，所謂「官奴小女」，實是羲之孫女、獻之女兒玉潤。其說頗可採取。（二）元和腳是當時流行俗語，猶如稱「時世裝」。胡仔《苕溪漁隱叢話》引《復齋漫錄》：當時有徐仙者效黃庭堅書法，陳師道投以「肯學黃家元祐腳，知信人厄匪天窮」詩。最後見蘇軾《柳氏求筆跡詩》：「君家自有元和手，莫厭家雞更問人。」其理雖同，但「手」字為異。方回《跋吳初鄰山谷臨風笛真跡》也有「細認黃家元祐腳，似人殊喜見他鄉」語。腳與手皆為人的肢體一部份，所謂「元和腳」者或即元和體之意。（三）劉詩的「元和腳」，柳集舊註以為指柳公權，直到清代宋長白《柳亭詩話》猶持此說。柳公權雖為宗元堂叔，他的書法更其有名，後人有「顏（真卿）筋柳骨」之稱，連《西廂記》也說「有柳骨顏筋」，但他於元和三年登進士第，當時名位尚未隆著，所以這裏的「元和腳」指宗元而非公權。姜芽喻筆姿。劉詩末兩句意謂，自己也想以書學傳於子弟，無奈有柳家新樣，只得斂手。

宗元得此詩後，又有《重贈二首》：

聞說將雛向墨池，劉家還有異同詞。如今試遣隈牆問，已道世人那得知？
世上悠悠不識真，姜芽盡是捧心人。若道柳家無子弟，往年何事乞西賓？

漢代劉向、劉歆父子論經學時，歆常向其父詰難，向亦不能駁正。柳詩第二句即用此典，也即補申前詩「厭家雞」之說。晉謝安問王獻之：「君書何如君家尊？」答道：「固當不同。」安說：「外論不爾。」答道：「人那得知？」三四兩句，即是用此典以獎勉禹錫兒子的書法。

第二首自謙時論不足憑，勉強學步反成醜人效顰。但柳家若無佳子弟，當年何必向宗元乞書班固《西都賦》？班賦中曾有西都賓問於東都主人故事。

禹錫又作《答前篇》、《答後篇》二詩：

小兒弄筆不能嗔，涴壁書窗且賞勤。聞彼夢熊猶未兆，女中誰是衛夫人？

昔日慵工記姓名，遠勞辛苦寫《西京》。近來漸有臨池興，為報元常欲抗行。

古人以夢熊羆為得男孩之兆，《答前篇》末兩句，指當時宗元兒子周六尚未出生，只有一女。宗元元配楊氏，於結婚三年後即去世，「女中誰是衛夫人」，不知指其繼室還是女兒？

第二首首句用項羽「書足以記姓名而已」典故，意謂從前懶於學習書法，自從宗元寫贈《西都賦》後，漸有臨池之興，欲效王羲之以書法與鍾繇（字元常）抗行的故事。

宗元又作《疊前》和《疊後》二詩報之：

小學新翻墨沼波，羨君瓊樹散枝柯。左家弄玉唯嬌女，空覺庭前鳥跡多。

事業無成恥藝成，南宮起草舊連名。勸君火急添功用，趁取當時二妙聲。

第一首的第二句比喻夢得兒子之佳美，第三句用左思《嬌女詩》意：「吾家有嬌女，皎皎頗白皙。握筆利彤管，篆刻未期益。」弄土猶言弄瓦。《淮南子．說山訓》：「見鳥跡而知著書。」後遂以「鳥跡」喻書法。這兩句意謂：如今在家的只有一個女兒，她學書之紙散落庭中，有如鳥跡之多。

第二首次句指柳、劉從前同屬尚書省（南宮）。末句用晉尚書令衛瓘、尚書郎索靖皆善草書，時人稱為一台二妙典故。

上引柳、劉諸詩，固非二人精品，但亦可備一時之掌故，見兩家的友情，如果友情不親密，就不可能有這樣戲弄之作。

其次，唐宋時文人之能書法的很普遍，而書法和篆刻又為中國特有的藝術，詩歌、繪畫、音樂等外國都有，也不比中國差，唯有書法與篆刻，在世界藝術史上只能讓中國獨佔一章。日本亦有擅長書法的名家，但源流卻傳自中土。這是漢字一大功勞。《柳文指要》記沈曾植言日本書法源流，橘逸勢傳筆法於柳宗元，唐人呼為橘秀才。此固中日文化交流史上佳話，但橘之書法，自仍淵源於中國。

註釋

1 卞孝萱《劉禹錫年譜》：禹錫長子名咸允，字信臣，次子名同廙，字敬臣。孟郎、崙郎當是二子的乳名。

衡陽分手

八司馬被謫後，至元和十年（八一五）正月，朝廷曾詔赴京師任職。柳宗元和劉禹錫結伴同行，並作《詔追赴都二月至灞亭上》：

十一年前南渡客，四千里外北歸人。詔書許逐陽和至，驛路開花處處新。

灞水在長安附近，可見他們是在二月到達長安。可是到了三月，宗元卻出為柳州刺史，禹錫出為連州刺史。刺史在名義上高於司馬，可是柳州和連州，卻比原來的永州和朗州（今湖南常德）更荒遠僻陋了。

為甚麼短短三個月之間，有這樣急劇的變化呢？

據《舊唐書．劉禹錫傳》：禹錫到京城後，宰相本欲置之郎署（任京官）。後因禹錫作玄都觀看花詩，語涉譏刺，復出為播州刺史（後改連州）。

劉詩的題目為《元和十一年自朗州承召至京戲贈看花諸君子》，詩云：

紫陌紅塵拂面來，無人不道看花回。玄都觀裏桃千樹，盡是劉郎去後栽。

題目中十一年的「一」字是衍文，應作十年。玄都觀為道觀，在長安縣崇寧坊。唐人詩中詠玄都觀賞桃花者很多，如姚合《遊昊天玄都觀詩》即有「陰徑紅桃花，秋壇白石生」語，禹錫至京時正值春天賞桃時，事亦尋常。《資治通鑒·考異》：「當時叔文之黨，一切除遠州刺史，不止禹錫一人，豈緣此詩，蓋以此得播州惡處耳。」這說得也有見地，如與永貞案無關的元稹也同時被貶，但劉詩意含譏刺也是事實，末句的「盡是劉郎去後栽」，為全詩最警闢處，也是人人都看得明白，就成為獲罪一個因頭了。

於是劉、柳又一同離開長安，至衡陽而分手，宗元作了一首《衡陽與夢得分路贈別》：

十年憔悴到秦京，誰料翻為嶺外行。伏波故道風煙在，翁仲遺墟草樹平。

直以慵疏招物議，休將文字佔時名。今朝不用臨河別，垂淚千行便濯纓。

伏波故道指後漢伏波將軍馬援南征時亦由此道前往，第五句實是無可奈何的解嘲之詞。

禹錫乃作《再授連州至衡陽酬柳柳州贈別》：

去國十年同赴召，渡湘千里又分歧。重臨事異黃丞相，三黜名慚柳士師。歸目並隨回雁盡，愁腸正遇斷猿時。桂江東過連山下，相望長吟《有所思》。

西漢賢相黃霸，曾任潁川太守，頗有政聲，後因故貶秩，有詔歸潁川太守官。柳下惠為士師，三次被罷官，柳宗元《祭穆質給事文》也有「形軀獲宥，三黜無虧」語。劉禹錫初次遭貶為連州刺史，途中追貶為朗州司馬，現又貶為連州刺史，和黃霸重臨一地相同而事件相異，也含牢騷意。三黜句切宗元之姓，而禹錫自己既同赴召，中又分歧，名與柳齊，實有愧色，是自謙之詞。桂江即灕江，連山在連州。桂江東流，並不經過連山，此處借喻兩地相通，唯有長吟古樂府《有所思》以解想望。這是禹錫名篇之一，王夫之《唐詩評選》所謂「字皆如濯，句皆如拔」，亦因他們的聚散確有使人同情感嘆之處。

兩人又作了七絕：

二十年來萬事同，今朝歧路忽西東。聖恩若許歸田去，晚歲當為鄰舍翁。

柳宗元《重別夢得》

弱冠同懷長者憂，臨歧回想盡悠悠。耦耕若便遺身老，黃髮相看萬事休。

劉禹錫《重答柳柳州》

貞元九年（七九三），柳、劉同舉進士，其後出處略同，到這時已是二十三年，宗元四十三歲，禹錫長他一歲。在這兩首詩中，兩人的情緒都很消沉，宗元只想今後歸田務農，所以禹錫以《論語》中長沮、桀溺的耦耕故事答之。耦耕即偶耕，也即並耕。老人髮白，白久則黃，故常以黃髮比喻老人。

信書誠自誤，經事漸知非。今日臨湘別，何年休汝歸？

柳宗元《三贈劉員外》

年方伯玉早，恨比《四愁》多。會待休車騎，相隨出罻羅。[1]

劉禹錫《答》

柳詩末句「何年休汝歸」，一作「何年待汝歸」。實誤。劉詩的「會待休車騎」，係用謝朓《休沐重還道中》的「還邛歌賦似，休汝車騎非」句意。《後漢書》：許劭，字子將，汝南人，袁紹車徒甚盛，將入界內，曰：吾輿服豈可使許子將相見，遂以單車歸家。柳用謝詩意，故劉以此答之，意思都是等待早日歸田休息。瞿蛻園《劉禹錫集箋證》已有考辨。又，謝朓《暫使下都夜發新林至京邑贈西府同僚》也有「寄言罻羅者，寥廓已高翔」語，劉詩末句的「相隨出罻羅」也是用謝詩意。柳集舊註只引《禮記．王制》，未引謝詩，亦失禹錫原意。

這時二人皆未五十，故說比蘧伯玉五十知非之意還早。張衡《四愁詩》：「我所思兮在桂林，欲往從之湘水深。」當時柳、劉皆渡湘水而南，所以說「恨比《四愁》多」。

元和十四年，禹錫老母病逝。至十一月，途次衡陽，又聞得宗元之卒。乃作《重至衡陽傷柳儀曹》，前有小引：「元和乙未歲，與故人柳子厚臨湘水為別。柳浮舟適柳州，余登陸赴連州。後五年，余從故道出桂嶺，至前別處，而君歿於南中，因賦詩以投弔」：

> 憶昨與故人，湘江岸頭別。我馬映林嘶，君帆轉山滅。馬嘶循故道，帆滅如流電。千里江蘺春，故人今不見。

儀曹指宗元曾任禮部員外郎。「憶昨」之「昨」在古詩中也作「昔」字用。柳、劉二人的患難交情，於此可見其概略。大和二年（八二九），劉禹錫任主客郎中，重遊玄都觀，已蕩然無復一樹，唯兔葵燕麥（泛指野草）動搖於春風，因再作一絕：

> 百畝中庭半是苔，桃花淨盡菜花開。種桃道士歸何處，前度劉郎今又來。

大和為文宗年號，這時禹錫年五十七歲，已經歷了順宗、憲宗、穆宗、敬宗、文宗五朝，舊交零落，故而聽舊宮人穆氏唱歌，便有「休唱貞元供奉曲，當時朝士已無多」之慨了。

註釋

1 《重別夢得》、《三贈劉員外》兩詩，《柳宗元集》皆作宗元作，《劉禹錫集箋證》作禹錫作，題目為《重別》、《三贈》。

懷舊與別弟

柳宗元的散文，以山水遊記為一大特色，遊記中又以永州八記最雋永，得之於大塊，出之以小品，真正稱得上絕妙好辭。但他到了柳州後，只寫了兩篇遊記：《柳州東亭記》與《柳州山水近治可遊者記》。前者記他建築東亭的經過，嚴格說來，尚非遊記；後者文字艱澀，不易理解，其中有這樣的話：「有山無麓，廣百尋，高五丈，下上若一，曰甑山。」又說：「峨山在野中，無麓。」麓是山腳，既有山，何以無山腳？章士釗《柳文指要》：「意者此地原是海底，山上泥沙，積年由海水沖洗淨盡，僅餘骨幹，以成今形。」並以為這是粵西之山的特色。但此文又記石魚之山，「有麓環之」。他還寫過《登柳州峨山》：「荒山秋日午，獨上意悠悠。如何望鄉處，西北是融州。」如果峨山無麓，他怎能悠悠獨上？大概這兩座山，形狀特別詭奇，望之若無麓，宗元遊記，常多奇趣，此文既欲記其可遊，自必力窮其奇。

他在柳州時寫的詩，已經讀過幾首，還有《登柳州城樓寄漳汀封連四州》這首七律，是他晚年傑作，也是膾炙人口的：

城上高樓接大荒，海天愁思正茫茫。驚風亂颭芙蓉水，密雨斜侵薜荔牆。嶺樹重遮千里目，江流曲似九回腸。共來百越文身地，猶自音書滯一鄉。

當時謫貶的八司馬，凌準、韋執誼皆已卒於貶所，宗元並撰過《哭連州凌員外司馬》。程異已被起用，八司馬中起用的只有他。留下來的便是在漳州的韓泰、在汀州的韓曄、在連州的劉禹錫、在封州的陳諫，以及柳宗元自己。

宗元到永州在夏曆六月，他寫詩時也在夏日，這一天恰值驟風密雨，芙蓉（荷花）盛開於水中，蔓生的薜荔縈繞於城牆。炎荒萬里，風雨懷人，人居文身之地，音信更難相通。

首句的「接」是目接。起勢極高，和杜甫《登樓》的「花近高樓傷客心，萬方多難此登臨」相逼近。方回《瀛奎律髓》卷四，引陸貽典評語：「子厚詩律細於昌黎，至柳州諸詠，尤極神妙，宣城（謝朓）、參軍（鮑照）之匹。」從頷頸兩聯看，更為顯著。紀昀評云：「一起意境闊遠，倒攝四州，有神無跡，通篇情景俱包得起。

三、四，賦中之比，不露痕跡，舊説謂借寓震撼危疑之意，好不着相。」（穿鑿）所謂「賦中之比」，意即寫實之中寓比喻。薜荔又名木蓮，花小，其實形似蓮房。

零落殘魂倍黯然，雙垂別淚越江邊。一身去國六千里，萬死投荒十二年。桂嶺瘴來雲似墨，洞庭春盡水如天。欲知此後相思夢，長在荊門郢樹煙。

《別舍弟宗一》

元和十一年春，宗元的堂弟宗一，將自柳州赴江陵，乃作詩贈之。越江即粵江，這裏指柳江。宗元於永貞元年被貶至永州，到這時正好十二個年頭。荊、郢都在江陵附近，也即宗一要去的地方。

宗元詩長於哀怨，這時身為逐臣，又值骨肉分離，故而更加悽傷。方回評云：「此乃到柳州後，其弟歸漢、郢間，作此為別。投荒十二年，其句哀矣，然自取之也。為太守尚怨如此，非大富貴不滿願，亦躁矣哉。」這是厚誣古人，不值一駁，所以為紀昀抹去。

但此詩中的末兩句，卻引起後人一番爭論。南宋周紫芝《竹坡詩話》：「此詩可謂妙絕一世。但夢中安能見郢樹煙？『煙』字只當用『邊』字，蓋前有『江邊』故耳。不然，當改云『欲知此後相思處，望斷荊門郢樹煙』。如此卻是穩當。」未免庸人自擾。既是夢中，怎麼不可能見到郢樹煙呢？《瀛奎律髓》卷四十三紀昀評云：「語意渾成而真切，至今傳頌口熟，仍不覺其濫。」但他又以為「煙」字是趁韻。這比周紫芝說得合理些。許印芳也說：「牽一『煙』字湊句，此臨文苟且之過也。」吳景旭《歷代詩話》卷四十九，批評周紫芝之說是癡人前說不得夢，又云：「不知天下夢境極靈極幻、疑假疑真，著一『煙』字綴之，使模糊離迷於其間，以夢為體，以煙為用，說出一種況味，詩人神行處也。如太白詩：『相思若煙草，歷亂無冬春。』蓋善說相思，無如煙樹煙草矣。」這固然可備一說。薛雪《一瓢詩話》，也譏周紫芝穿鑿附會，夢中說夢。但紀、許湊字之說，也不為無見。實則必欲改字，也不必一定改成「邊」字，只要改成「前」字就可以，和上一句「欲知此後」的「後」字也可以呼應。

北宋黃庭堅《雨中登岳陽樓望君山》云：

投荒萬死鬢毛斑，生出瞿塘灩澦堆。未到江南先一笑，岳陽樓上對君山。

這也是黃詩中的名篇，第一句的投荒萬死便是用柳詩句意。不過，這一次黃氏是從謫貶的蜀中逢赦回鄉，所以詩的情調很輕快。可是兩年後，又被人告發，說他在流寓荊州時寫的《承天院塔記》中有「幸災謗國」的話，因而被除名流放到宜州，宜州即今廣西宜山，最後便死於戍樓上了。

比喻之兩柄

《詩經》六義：風、雅、頌、賦、比、興。後三種指詩歌的創作方法，《詩經》中使用這些手法的很多。自從屈原以美人香草、惡禽臭物作為忠奸之比後，以動物作比喻的尤其繁多，因為動物有動作、有食慾、有鳴聲，有的還有表情，所以更容易作為模特兒。

杜甫有一首《瘦馬行》：

東郊瘦馬使我傷，骨骼硉兀如堵牆。絆之欲動轉欹側，此豈有意仍騰驤？細看六印帶官字，眾道三軍遺路旁。皮乾剝落雜泥滓，毛暗蕭條連雪霜。去歲奔波逐餘寇，驊騮不慣不得將。士卒多騎內廄馬，惆悵恐是病乘黃。當時歷塊誤一蹶，委棄非汝能周防。見人慘淡若哀訴，失主錯莫無晶光。天寒遠放雁為伴，日暮不收烏啄瘡。誰家且養願終惠，更試明年春草長。

詩約作於至德三年（七五八），作者在長安，當時處境很窮困。作詩的原來意圖，後人說法紛異，但這首詩必是有感而發，不是就事論事，那是一目了然的。

這匹馬瘦到甚麼地步？詩人用七個字來形容：「骨骼硉兀如堵牆」，就是骨頭像可砌牆的石頭，一點脂肪也沒有了。石牆是不會動的，瘦馬雖被絆繫，身子卻從側面東轉西傾。難道不甘心束縛仍想跳躍飛奔麼？再從馬身上細看，牠的左右頰、大腿、肩膀打上六處內廏（皇宮中馬房）的官印。人家說，這是官軍將牠遺棄在路旁，從牠皮毛上殘留的泥滓和霜雪看，可見被棄已久。官軍於去年曾經追逐餘寇，士兵多騎內廏的良馬，但對牠卻沒有好好訓練，所以不能使用，使乘黃（千里馬）成為病馬。被棄的原因由於在一躍中而挫跌，那就不是牠的過錯；馬為此而受到委屈，向人似欲哀訴失主之悲，精神萎頹無光。

詩人為牠而擔心，怕日暮有烏鴉啄牠的瘡，詩人又為牠而祈求，但願有好心腸的人來收養牠。

楊慎《升庵詩話》說：「索物以託情謂之比，情附物也。」此詩即發揮了這種比的託情作用。

章士釗《柳文指要》，將柳宗元的《跂烏詞》和《病馬行》媲美：

城上日出群烏飛，鴉鴉爭赴朝陽枝。刷毛伸翼和且樂，爾獨落魄今何為？
無乃慕高近白日，三足妒爾令爾疾？無乃飢啼走路旁，食鮮攫肉人所傷？[1]
翹肖獨足下叢薄，口銜低枝始能躍。還顧泥塗備螻蟻，仰看棟樑防燕雀。
左右六翮利如刀，踴身失勢不得高。支離無趾猶自免，努力低飛逃後患。

跂烏是獨腳烏鴉，詩由群鴉的爭赴朝陽枝而托出跂烏的份外孤獨可憐。跂烏為甚麼如此落魄？詩人作了種種推測：莫非因愛高飛而接近太陽，惹得日中的三腳烏妒忌，讓牠也少了一隻腳，大家都變成畸形？還是因飢嘴饞，搶人吃的肉，被人傷害？

接下來是哀憐和勸誡：身軀這樣細小，腳又只得一隻，飛下叢林，只有向低枝才能活動。螞蟻是微蟲，燕雀是同類，力量都小於烏鴉，但因跂烏只一腳，就可以侵犯牠、欺侮牠。加上兩旁眾禽的雙翅鋒利如刀，牠要想踴身也因沒有力量而不得高飛。想想形體不全的支離疏還能終其天年（典出《莊子．人間世》），不如「努力低飛逃後患」。自然，這原是反語，詩人的本意是決不甘心於低飛。

杜詩實多於虛，柳詩虛多於實，而憤激哀怨的情緒更為明顯。馬瘦得像石頭，鴉只剩一隻腳，這些形象，其實並不美妙。詩人卻寫得筆酣墨暢，奇形怪狀，其實是一種創作上的變態心理，它使詩人盡情發洩，獲得快感，超越了心理和物理之間的距離。在窮困失意，受到壓制時，任何人都會產生這種變態心理，何況是多愁善感的詩人，不管他平日如何嚴謹方正。《瘦馬行》曾有「日暮不收烏啄瘡」的話，恰好北宋的王禹偁寫過一首《烏啄瘡驢詩》：

商山老烏何慘酷，喙長於釘利於鏃。拾蟲啄卵從爾為，安得殘我負瘡畜。我從去歲謫商於，行李惟存一蹇驢。來登秦嶺又巉岩，為我馱背百卷書。穿皮露脊痕連腹，半年治療將平復。老烏昨日忽下來，啄破舊瘡取新肉。驢號僕叫烏已飛，劘嘴振毛坐吾屋。我驢我僕奈爾何，悔不挾彈更張羅。賴是商山多鷙鳥，便問鄰家借秋鶻。鐵爾拳兮鈎爾爪，折烏頸兮食烏腦。豈唯取爾飢腸飽，亦與瘡驢復仇了。

此詩作於謫居河南商山時，本為歌行體，所以全詩明白流暢。前半段是寫實，烏啄驢馬大概是當時常見現象。作者在謫貶途中，驢為他負書百卷，書對文士，僅次於生命，故對驢有特殊的愛憐之情。後面只是願望，商山老烏啄了驢瘡之後，早已遠走高飛，即使借到鄰家鷙鳥（猛禽，即下文之鶻），怎能報得了仇？

作者愛好白居易詩，嚴羽《滄浪詩話》列入宋詩中的「白體」，此詩可能從白氏新樂府如《秦吉了》得到啟示。《秦吉了》的原註說是「哀冤民也」，即有感於「烏啄母雞雙眼枯」而寄期望於能言之秦吉了，要他在鳳凰前進言。王詩由自己的身邊瑣事聯繫到社會生活，把老烏比作欺壓弱者的惡勢力，因而有除惡的願望。

在柳詩中，跂烏比作同情憐憫的對象，在王詩中，老烏是憎恨詛咒的對象。同一事物，援以為喻，而褒貶喜惡截然相反。吳景旭《歷代詩話》卷五十二引韋應物「心同野鶴與塵語，詩似冰壺徹底清」語，這是以冰壺比喻清澈，但在《送人詩》中又說：「冰壺見底未為清，少年如玉有詩名」，則冰壺也未必清澈。作者是一個人，而對冰壺之取譬卻不相同，用錢鍾書《管錐編》中的話，就叫「比喻之兩柄」。

註釋

1 《漢書．黃霸傳》，黃霸為潁川太守，擇廉吏往地方密訪，吏食於道旁，烏攫其肉。

鷓鴣詩話

古代小說戲曲中，常有這樣一句話：「行不得也哥哥。」就字面看，好像弟妹勸兄長不要外出，後人便以此比喻世途的艱難。但它的原來出處，卻是鷓鴣鳴聲的擬意。

據《本草綱目》卷四八：「鷓鴣性畏霜露，早晚稀出，夜棲以木葉蔽身，多對啼，今俗謂其鳴曰行不得也哥哥。」它的名字，就因其鳴聲「鷓鴣」而得名。鳴時常立於山頂樹上，其巢築於土穴中，以草葉等造成，古諺有「偃鼠飲河，止於滿腹。鷓鴣銜葉，才能覆身」的話，當是這種造巢習慣引起的誤會。它的分佈地在中國南方及緬甸、越南、泰國等。

唐詩中詠鷓鴣的很多，鄭谷就以寫鷓鴣詩被人稱為鄭鷓鴣，如同崔珏被稱為崔鴛鴦，宋代張炎被稱為張孤雁，明代袁凱被稱為袁白燕。

暖戲煙蕪錦翼齊，品流應得近山雞。雨黃青草湖邊過，花落黃陵廟裏啼。
遊子乍聞徵袖濕，佳人才唱翠眉低。相呼相應湘江闊，苦竹叢深春日西。

這是鄭谷寫的鷓鴣詩。青草湖、黃陵廟、苦竹嶺都在今湖南境，點明鷓鴣活動地區。第六句「佳人才唱翠眉低」，需要略為說明。《樂府詩集》有《山鷓鴣》，為曲調名，歌詞內容和鷓鴣無關，就像詞調的《鷓鴣天》一樣。鄭谷詩的這一句，便是指歌女在唱這種流行的曲調，歌聲仿效鷓鴣的鳴聲，所以下文說「相呼相應湘江闊」。他的《侯家鷓鴣》也有「唯有佳人憶南國，殷勤為爾唱愁詞」語。許渾也有《聽歌鷓鴣辭》，說是「詞調清怨」，鄭詩說是「愁詞」，可見曲調很淒涼。

李白《秋浦清溪雪夜對酒客有唱鷓鴣者》：「客有桂陽至，能吟《山鷓鴣》。清風動窗竹，越鳥起相呼。」這是李白在安徽貴池聽到的，客人則是從湖南來，末一句也指歌聲和禽聲相呼應。

李白另外寫過一首《山鷓鴣詞》：

苦竹嶺頭秋月輝，苦竹南枝鷓鴣飛。嫁得燕山胡雁婿，欲銜我向雁門歸。山雞翟雉來相勸，南禽多被北禽欺。紫塞嚴霜如劍戟，蒼梧欲巢難背違。我心誓死不能去，哀鳴驚叫淚沾衣。

此詩有人說是當時或有人勸李白投靠北方誰氏，李白卻安於南方不願去，故託為鷓鴣之言謝絕。也有人說，可能是南方女子嫁為北人之婦，悲啼誓死而不忍去。李白見而哀之，乃作此詩。筆者覺得不妨依從後說，使此詩增強悲劇色彩。

這裏要說到韓柳了。

韓愈在謫貶潮州時，曾作《晚次宣溪辱韶州張端公使君惠書敘別書懷酬以絕句二章》，張端公指張蒙，宣溪在韶州城南。其第一首云：

韶州南去接宣溪，雲水蒼茫日向西。客淚數行元自落，鷓鴣休傍耳邊啼。

這也是韓愈南貶途中精彩之作，宋顧樂《唐人萬首絕句選》評云：「鐵石人說真情景，自然深妙。」鳥語禽言，本是逗人歡趣，但在逐客徵人，反而增加悽愴。

唐無名氏的「等是有家歸不得，杜鵑休向耳邊啼」，和韓詩正是同調。清黃仲則《聽子規》的「只解千山喚行客，不知身是未歸魂」，就作意來說，要比上兩首婉轉而深切。

柳宗元在南謫時，寫過一首《放鷓鴣詞》，含有寓言意味，在「鷓鴣文學」中，另有一種況味：

> 楚越有鳥甘且腴，嘲嘲自名為鷓鴣。徇媒得食不復慮，機械潛發罹罝罦。羽毛摧折觸籠籞，煙火煽赫驚庖廚。鼎前芍藥調五味，膳夫攘腕左右視。齊王不忍觳觫牛，簡子亦放邯鄲鳩。二子得意猶念此，況我萬里為孤囚？破籠展翅當遠去，同類相呼莫相顧。

《本草綱目》：「南人專以炙食充庖，肉白而脆，味勝雞雉。」所以閩人有「山食鷓鴣獐，海食馬鮫鯧」的話。柳詩第一句的「甘且腴」便是為下文伏筆。三四兩句，寫得禍的原因：為了求食，就不再考慮後果，因而身陷羅網，儘管自己在籠中掙扎得羽毛零落，廚房中卻已燒起柴火，用芍藥做成調味的香料，廚工因鷓鴣的「甘且腴」而在伸臂張目。

齊宣王看到有人牽着牛將去宰殺，宣王說：「吾不忍其觳觫（恐懼貌），若無罪而就死地。」便將牛放了（事見《孟子．梁惠王》）。趙簡子曾於元日放邯鄲之鳩。詩人想起這兩個故事，覺得這兩位都是有權勢的人，尚有仁慈之心，自己已淪為萬里之囚，更應同病相憐。詩人又叮囑鷓鴣：要是遇到同夥，可以招呼一聲，卻不要返身顧視。意思就是趕快走，莫停留。

鷓鴣是死裏逃生，遠飛而去了，詩人卻仍處於天南的籠子中；韓愈不久又回到京師，也許從此耳邊不再聞鷓鴣之聲，柳宗元卻老死於異鄉。但在他一息尚存時，卻讓即將葬身烈火的無辜者，能夠飛出籠中，終其天年。這種宏大的心願，千載之下，仍然令人敬佩。

楊白花與楊叛兒

楊白花，風吹渡江水。坐令宮樹無顏色，搖蕩春光千萬里。茫茫曉日下長秋，哀歌未斷城鴉起。

《楊白花》

這是柳宗元寫的一首樂府。單從字面看，還以為是一般的寫景詩，實際是在寫一件宮闈隱私，主角還是一位皇太后。

北魏名將楊大眼有個兒子叫楊白花，年輕勇猛，容貌雄偉。北魏的胡太后強迫他私通，他害怕日後會有禍患。楊大眼死後，白花便率部眾投奔南朝的梁朝，改名楊華。胡太后追思不已，乃作《楊白花》歌辭，使宮人晝夜連臂蹋足歌唱，歌辭很悽傷。連臂蹋足指踏歌，即以足踏地為節拍。長秋指皇后所居宮名。如果作為一首情歌看，正如許顗《彥周詩話》所説，柳詩「言婉而情深，古今絕唱也」。

這故事見於《梁書》和《南史》，《魏書．宣武靈皇后胡氏傳》未載，卻載她「逼幸清河王（元）懌，淫亂肆情，為天下所惡」。然則胡太后所「逼幸」者不止楊白花一人，故有「胡后亂魏」之稱。杜甫《麗人行》的「楊花雪落覆白蘋」，寫虢國夫人楊氏和楊國忠淫亂事，用的典故即胡太后與楊白花事。

《樂府詩集．雜曲歌辭》收有《楊白花》一曲，前引《梁書》及《南史》，其曲辭云：

> 陽春二三月，楊柳齊作花。春花一夜入閨闥，楊花飄蕩落南家。含情出户腳無力，拾得楊花淚沾臆。秋去春還雙燕子，願銜楊花入窠裏。

這是屬於北朝雜曲，用的是雜言體，但《樂府詩集》署名無名氏。胡太后的行事和武則天有近似處，武氏也作過《商調曲．如意娘》：

> 看朱成碧思紛紛，憔悴支離為憶君。不信比來長下淚，開箱驗取石榴裙。

從文學的角度看，這兩位皇太后實不失為作情歌的能手。

柳宗元寫此詩的動機，已無法確知，或一時乘興效樂府體。唐汝詢云：「唐人用樂府舊題，咸別自造意，惟此為擬古。」所謂「別自造意」即指新樂府，柳詩仍是就事詠事。章士釗《柳文指要》說：「楊白花歌，除子厚外，少見有他人作，遠不如明妃曲之氾濫，獨清咸豐間山陽魯一同詠楊白花（見《通甫類稿》）如下」：

> 楊白花，春風能吹爾，吹爾作花還作雪，又能吹入深宮裏。深宮不可居，春風還相欺，慎勿隨風渡江水。渡江化作江上萍，一去煙波千萬里。

章氏又云：「此歌幅度與字面，都接近子厚作，此果通甫擬古為之，抑以唐汝詢語為戒，別有所用意？殊未易曉。」柳、魯兩氏之作，恐仍是擬古，別無特殊用意。至於章氏說楊白花歌不如明妃曲之氾濫，這是因為胡太后的穢行根本不能和昭君出塞相提並論。

北魏是和南朝對立的，即所謂南北朝。無獨有偶，在南齊隆昌時，女巫之子楊旻（即楊珉之）曾隨母入內宮，長大後，為鬱林王（蕭昭業）的何皇后所寵幸，童謠有「楊婆兒，共戲來所歡」[1]。因語訛而成楊伴兒，又成楊叛兒。《樂府詩集·清商曲》載有《楊叛兒》的古辭八首，今錄四首：

> 截玉作手鈎，七寶光平天。繡沓織成帶，嚴帳信可憐。
> 暫出白門前，楊柳可藏烏。歡作沉水香，儂作博山爐。
> 送郎乘艇子，不作遭風慮。橫篙擲去槳，願倒逐流去。
> 歡欲見蓮時，移湖安屋裏。芙蓉繞床生，臥眠抱蓮子。

這是用民歌體寫的兩個情侶歡會後分離的情節，非詠何、楊事。可能是先有「楊婆兒，共戲來所歡」的童謠，民間便將涉及男女戀情的歌曲題為《楊伴兒》或《楊叛兒》。

沉水香為沉香別名，沉香是一種香木，脂膏凝結為塊，入水能沉。博山爐指爐面雕刻作重疊山形的一種香爐。蓮為「憐」的諧音。芙蓉本指荷花，這裏是「夫容」的諧音。梁武帝（蕭衍）有「南音多有會，偏重《叛兒曲》」語，大概這一歌曲音節很悅耳，所以當時很流行。

李白也作過一首《楊叛兒》：

君歌《楊叛兒》，妾勸新豐酒。何許最關人？烏啼白門柳。烏啼隱楊花，君醉留妾家。博山爐中沉香火，雙煙一氣凌紫霞。

新豐酒是著名美酒，故知《楊叛兒》為當時流行名曲。男唱名曲，女勸名酒，借喻兩情的極度濃密，無可超越。「關人」猶言關心、生情，下一句即女家所在地，白門為建康城的西門。五六兩句，不僅為對句，而且隱顯交錯，烏鴉啼後而隱棲於楊花中，暗示時間已臨日暮，男的又有醉意。末兩句用古樂府辭意，卻更上一層樓，但手法十分自然，正如陳沆《詩比興箋》所說：「香化成煙，凌入雲霞，而雙雙一氣，不少變散，兩情固結深矣。」李白此詩，是拈用上引的古樂府第二首，但古樂府之妙思隱語，也因李白詩而明朗。「歡作沉水香，儂作博山爐」，正俗語所謂乾柴烈火，李白用「雙煙一氣凌紫霞」，便予人以綿綿之思。

註釋

1 這裏的童謠猶言民謠。據《南齊書》：楊珉之又與鬱林王相愛褻，所以鬱林王便放縱何、楊的醜行。「共戲來」當指此。楊珉之其實是人中渣滓。歡，猶言情郎。

三良的是非

秦穆公為春秋時五霸之一。他臨死時，命子車氏三兄弟奄息、仲行、鍼虎以活人殉葬，《詩經．秦風．黃鳥》即詠其事：

交交黃鳥，止於棘。誰從穆公？子車奄息。維此奄息，百夫之特。臨其穴，惴惴其慄。彼蒼者天，殲我良人。如可贖兮，人百其身。

這是以黃鳥起興。意思是，那鳴叫着的黃雀尚能飛翔於樹林，三良卻不能壽終於家中。詩中的「臨其穴，惴惴其慄」七個字，烘托了當時淒厲恐怖、慘絕人寰的氣氛。

據《史記》正義引應劭說：穆公和群臣酣飲時，曾說：「生共此樂，死共此哀。」於是三良許諾，等到穆公死後，便踐約以殉。所以有人以為「臨其穴，惴惴其慄」

是指旁觀人的表情，他們被這慘酷的場面嚇得發抖了。

歷代對這一慘劇的評論不盡相同，鄴下文人中，曹植《三良詩》：「功名不可為，忠義我所安。秦穆先下世，三臣皆自殘。生時等榮樂，既沒同憂患。誰言捐軀易，殺身誠獨難」云云，是說三良出於自願。王粲說：「自古無殉死，達人所共知。秦穆殺三良，惜哉空爾為。結髮事明君，受恩良不訾。臨沒要之死，烏得不相隨？」「要」指要挾、脅迫，三良怎能不從？故三良等於是秦穆公殺死。阮瑀《詠史詩》開宗明義即說「誤哉秦穆公，身沒從三良」。

到東晉則有陶淵明的《詠三良》，其中說：「一朝長逝後，願言同此歸。厚恩固難忘，君命安可違？臨穴罔惟疑，投義志攸希。」這卻是寫三良自願身殉。後人以為淵明當晉宋易代之際，故託三良、荊軻以發抒他的忠憤的激情，實是附會之談。

柳宗元在謫貶時，也寫過一首《詠三良》：

束帶值明後，顧盼流輝光。一心在陳力，鼎列誇四方。款款效忠信，恩義皎如霜。生時亮同體，死沒寧分張？壯軀閉幽隧，猛志填黃腸。殉死禮所非，況乃用其良？霸基弊不振，晉楚更張皇。疾病命固亂，魏氏言有章。從邪陷厥父，吾欲討彼狂。

束帶指恭敬，這一句即王粲「結髮事明君」之意，「生時亮同體」指三良本為同胞兄弟。黃腸指柏木黃心的棺柩。「疾病」兩句用這一典故：魏武子有寵妾，無子。武子患病時，囑咐他兒子魏顆：他死後必須將其妾改嫁。等到病篤，又說：必以其妾為殉。及卒，魏顆將父妾嫁去，並說：「疾病則亂（病重時神智已昏亂），吾從其治（清醒時）也。」

上面幾首，對穆公兒子康公未作譏評，柳詩末兩句則以嚴詞斥責康公，責他未效魏顆之捨亂命而從治命。章士釗《柳文指要·永貞一瞥》引《通鑒》：「時內外共疾叔文黨與專恣，上（順宗）亦惡之，俱文珍屢啟上，請令太子監國，許之。」太子即順宗子憲宗。不久，憲宗即位，乃賜叔文死。章氏以為，二王之死，乃出自順宗之意，憲宗稱父命而殺二王，不啻從其父之亂命。但這兩件事性質不同，穆公之欲三良殉葬，原是出於嬖愛，順宗則是「惡之」，但當時未必有置二王於死地之意。《通鑒》是站在反對王叔文集團立場的，順宗是否真的「惡之」，也是疑問，宗元是否有對君申討、斥為「彼狂」的勇氣？更是難以理解。但柳宗元能直斥康公，比起上述魏晉諸人來，還是高出許多。

秦穆公墓地陝西鳳翔城中，明代還立過碑。蘇軾曾經往訪過，並寫《秦穆公墓》，其中說：「昔公生不誅孟明，豈有死之日而忍用其良？乃知三子徇公意，亦如齊之二子從田橫。」這是他早年所作，詩中對穆公和三良都很讚揚，但他的弟弟蘇轍卻與此相反：

> 泉上秦伯墳，下埋三良士。三良百夫特，豈為無益死。當年不幸見脅迫，詩人尚記臨穴惴。豈如田橫海中客，中原皆漢無報所。秦國吞西周，康公穆公子。盡力事康公，穆公為不負。豈必殺身從之遊，夫子（指蘇軾）乃以侯嬴所為疑（擬）三子。王澤既未竭，君子不為詭。三良殉秦穆，要自不得已。

這是弟向兄抬槓，卻抬得很有道理。三良只要盡力於康公，也就不負穆公。後來蘇軾謫海南時，又寫了一首《和陶詠三良》：

此生泰山重，忽作鴻毛遺。三子死一言，所死良已微。賢哉晏平仲，事君不以死。我豈犬馬哉，從君求蓋帷。殺身固有道，大節要不虧。君為社稷死，我則同其歸。顧命有治亂，臣子得從違。魏顆真孝愛，三良安足希？仕宦豈不榮，有時纏憂悲。所以靖節翁，服此黔婁衣。

意思說，國君的遺命，有正確的也有錯誤的，臣子要分別是非或從或違，不能因為凡是國君說過的一概遵循。齊莊公因淫亂而被崔杼所殺，齊相晏平仲因莊公並非為社稷而死，所以沒有殉節。魏顆不從父親昏亂時遺命，對其父才是真孝順，對父妾也是愛護。

陶淵明是稱讚三良的忠義的。蘇詩所以稱道淵明，則是取其這一點：淵明由於不慕榮利，安於貧賤，甘服貧士黔婁那樣弊衣破被，故而得免憂悲，不像三良那樣為了承恩寵而被活活埋葬。

中國士大夫對忠臣義士的殉難死節，一向非常讚揚，但這必須逢到國家危亡時節；三良只是為了個人恩寵而死，就不免貽鴻毛之譏。唐李德裕之批評三良，也因為他們不是為社稷而死。

蘇軾這首詩，和他的《秦穆公墓》立意完全相反，後人以為他晚年所見益高，有意自為翻案。三良之殉葬，固然不必揄揚，但偏責三良，也不公平。人誰願意輕生？如果不是出於脅迫的壓力，年富力強的壯士，哪一個甘願自投泥土？所以，「臨其穴，惴惴其慄」，應當理解為三良面臨墓穴的恐怖心理的表現。柳宗元將這一慘劇的重心放在斥責秦康公上，也是很有識見的。

荊軻刺秦王

韓愈的詩風，和陶淵明的詩風完全不同，大家一看就明白，柳宗元的五古，卻和陶詩近似。《東坡題跋》卷二：「柳子厚詩在陶淵明下，韋蘇州上；退之豪放奇險則過之，而溫麗情深不足也。所貴乎枯淡者，謂其外枯而中膏，似淡而實美，淵明、子厚之流是也。」蘇軾晚年在海南，不讀他人詩，只以陶、柳詩集自隨。魏慶之《詩人玉屑》卷五也說：「作詩須從陶、柳門庭中來，乃佳。不如是，無以發蕭散沖淡之趣，不免於局促塵埃，無由到古人佳趣也。」翁方綱《石洲詩話》卷八不同意東坡之說：「韋（應物）詩在陶彭澤下，柳柳州上。」這固然說得公允，也只是上下之分。

燕國的太子丹，因秦強燕弱，恐被消滅，便以卑辭厚禮，說動衛人荊軻，請他入秦劫持秦王，效法春秋時曹沫之劫齊桓公，如生劫不成，就將秦王刺死。荊軻答應了太子，為了取信於秦王，還將逃到燕國的秦將樊於期的頭割下，和燕國富裕地區督亢的地圖，一同獻給秦王。

荊軻至秦，將地圖獻給秦王，「圖窮而匕首見（現）」。荊軻原來想生劫秦王，這時事情敗露，就想刺死秦王，結果沒有成功，反被殺死，身體被肢解。

這段故事，經過司馬遷緊張淋漓的描寫，便具有濃烈的悲劇色彩，《易水歌》的「風蕭蕭兮易水寒，壯士一去兮不復還」，尤富於悲劇的審美效果。魏晉之際，便成為詩人詠史的好題材，建安七子之一的阮瑀即寫過荊軻：

燕丹善勇士，荊軻為上賓。圖盡擢匕首，長驅西入秦。素車駕白馬，相送易水津。漸離擊筑歌，悲聲感路人。舉坐同咨嗟，嘆氣若青雲。

這只是寫到易水送別。素車白馬，本用於凶喪之事，這裏是說他不會生還。又如西晉的左思詩：

荊軻飲燕市，酒酣氣益震。哀歌和漸離，謂若傍無人。雖無壯士節，與世亦殊倫。高眄邈四海，豪右何足陳？貴者雖自貴，視之若埃塵。賤者雖自賤，重之若千鈞。

荊軻在當時屬於下層，實際是一個流浪漢。左思出身寒門，鄙視權貴，所以後面六句，即是有感而發：貴者自以為貴，在他看來如同塵埃；賤者自以為賤，但他的志行卻重若千鈞。

繼左思之後則有陶淵明：

燕丹善養士，志在報強嬴。招集百夫良，歲暮得荊卿。君子死知己，提劍出燕京。素驥鳴廣陌，慷慨送我行。雄髮指危冠，猛氣衝長纓。飲餞易水上，四座列群英，漸離擊悲筑，宋意唱高聲。蕭蕭哀風逝，淡淡寒波生。商音更流涕，羽奏壯士驚。心知去不歸，且有後世名。登車何時顧，飛蓋入秦庭。凌厲越萬里，逶迤過千城。圖窮事自至，豪主正怔營。惜哉劍術疏，奇功遂不成。其人雖已沒，千載有餘情。

這把燕太子的獲得荊軻，至荊軻刺秦王未成的過程都已概括。「飛蓋」指車篷如飛，「凌越」二句形容荊軻自今河北遠赴秦都咸陽，經過萬里千城。

朱熹《朱子語類》：「淵明詩，人皆說平淡，余看他自豪放。但豪放得來不覺耳。其露出本相者是《詠荊軻》一篇。平淡底人如何說得這樣言語出來？」就這首詩說，也是對的，不過，陶詩的藝術特徵，畢竟是「平淡」。

此詩作於宋武帝劉裕篡晉之後，所以後人以為有針對性，即希望再出一個荊軻為晉報仇。是否如此，尚難肯定。

唐代詠荊軻的更多，柳宗元也有一首五古：

燕秦不兩立，太子已為虞。千金奉短計，匕首荊卿趨。窮年徇所欲，兵勢且見屠。微言激幽憤，怒目辭燕都。朔風動易水，揮爵前長驅。函首致宿怨，獻田開版圖。炯然耀電光，掌握罔正夫[1]。造端何其銳，臨事竟趑趄。長虹吐白日，蒼卒反受誅。按劍赫憑怒，風雷助號呼。慈父斷子首，狂走無容軀。夷城芟七族，台觀皆焚污。始期憂患弭，卒動災禍樞。秦皇本詐力，事與桓公殊。奈何效曹子，實謂勇且愚。世傳故多謬，太史徵無且。

這是惋惜太子丹遣荊軻入秦為短計。開始時，氣概何等激昂勇猛，雙目如同電光，使地方官無從控制。可是結果還是失敗，秦王一怒而伐燕，要索取太子，太子逃亡匿身衍水中，燕王乃斬太子獻給秦王，荊軻則七族被誅。

從風格上看，陶、柳兩詩極為近似，儘管故事本身很壯烈，語言還是平淡，如果換了韓愈，不知要用多少硬語、險語。但陶詩首尾讚賞荊軻，柳詩的重心則在批評燕丹、荊軻的短計和勇且愚。不過，柳宗元以為這究是傳說，恐有謬誤。司馬遷自己也說：「又言荊軻傷秦王，皆非也。始，公孫季功、董生與夏無且遊，具知其事，為余道之如是。」說明他寫荊軻故事時，原是夏無且等告訴他的，其中寫秦王和荊軻搏鬥時，軻身上已有八處重傷，卻能倚柱而笑，箕踞（伸足而坐）而罵秦王說：「事所以不成者，以欲生劫之，必得約契以報太子也。」傳奇的色彩太強了，好像秦王故意安排他先罵幾聲，再來殺死這個悍厲的刺客。

與柳宗元同時的劉叉，也有一首《嘲荊卿》：

白虹千里氣，血頸一劍義。報恩不到頭，徒作輕生士。

稍後的大和時人李遠，也寫過《讀田光傳》：

秦滅燕丹怨正深，古來豪客盡沾巾。荊卿不了真閒事，辜負田光一片心。

田光是荊軻的朋友，曾向燕太子推薦荊軻。不了，猶糊塗、愚魯之意。可見唐人對荊軻此舉，也不很贊成。

近人蘇曼殊《以詩並畫留別湯國頓》的末二句云：「易水蕭蕭人去也，一天明月白如霜。」若論意境，此亦一絕。

太子丹派荊軻劫持秦王，實是絕大的冒險行為，荊軻也是逞匹夫之勇，憑借的只是一把匕首，這種重義輕生的行為，後來又發展為遊俠。司馬光在《資治通鑒》卷七中，對燕丹和荊軻作了銳利的抨擊，說荊軻是「刺客之靡」（通「糜」，破爛貨），又說：「荊軻，君子盜諸。」意思是，以君子之道來衡量，荊軻與強盜無異。就今天的觀點說，無論劫持或暗殺，都不是對付敵人的光明正道。

註釋

1 正夫，本指掌管五縣的遂正，這裏借喻秦國的地方官。

存歿之間

柳宗元的謫貶，開始於永貞元年（八零五）十一月之貶永州，後貶柳州。元和十四年，朝廷準備將他召回，詔書還來不及到達柳州，宗元已含冤而卒。遺有兩子兩女，長子周六，年僅四歲。喪葬費用全靠朋友裴行立幫助。次年，由他表弟運柩至萬年縣棲鳳原的先人墓側安葬。

這是一個悲劇的結局。實際上，他的悲劇命運，在流放之初就已開始。在這過程中，現實生活裏也接觸了一些悲劇性事件。他的名文《捕蛇者説》中蔣氏一家的三代遭遇，就具有悲劇色彩。

在詩歌中，還有一首《掩役夫張進骸》：

生死悠悠爾，一氣聚散之。偶來紛喜怒，奄忽已復辭。為役孰賤辱，為貴非神奇。一朝纊息定，枯朽無妍媸。生平勤皂櫪，剉秣不告疲。既死給櫬櫝，葬之東山基。奈何值崩湍，蕩析臨路垂。髐然暴百骸，散亂不復支。從者幸告余，睠之涓然悲。貓虎獲迎祭，犬馬有蓋帷。佇立唁爾魂，豈復識此為？畚鍤載埋瘞，溝瀆護其危。我心得所安，不謂爾有知。掩骼著春令，兹焉適其時。及物非吾事，聊且顧爾私。

這個役夫當是他的貶所中差役，故而知道他姓名，職務是飼馬割秣。詩的大意是：人的生死原沒有把握，意即生命本很脆弱，全靠一口氣。活着時還有喜怒之情的活動，死亡後甚麼都消失了，役夫與長官的差別也不再存在，等到進入墓土，淪為枯骨，更無美醜之分。這一段，也是陶淵明《擬輓歌辭》的「死去何所道，託體同山阿」的引申。

第二段「生平」兩句寫張進生前的勤勞，張進事跡可以知道的只此兩句。「既死」兩句寫宗元對張進身後的料理。柳張之間的關係本來可以至此結束。沒想到山洪突然崩裂，棺柩受到衝擊，屍骨暴露散亂。百骸猶言百體，指身體各部份。張進是役夫，柳宗元又在貶所，當時必是草草埋葬。

「從者」指宗元手下的人。「幸」非泛詞飾語，而是真情的流露。因為宗元不可能到東山，所以幸虧從者告訴他，否則，張進的殘骸便無從收殮。貓虎、犬馬兩句都用《禮記》典故：因為貓能食田鼠，虎能食田豕（野豬），所以迎而祭之。孔子養的一條狗死了，便派他的學生子貢去埋葬，並說：「吾聞之也，敝帷不棄，為埋馬也。敝蓋不棄，為埋狗也。」那麼，對人的屍骨更不應任其散露。他久立而弔張進的陰魂，估計逝者未必明白。宗元所以埋葬殘骸，疏通溝流，免受大水的危害，只求心之所安。因為這時已值春令，古代每於孟春之月，掩埋屍骨。宗元自知並非澤及枯骨之輩，只是為了使張進私人遺骸有所安置，以此酬答存歿之間的私誼。

暴骨為古人所大忌，亦令人所共感。對於死者來說，屍骨的暴露或重埋，一瞑之後，本來無所知悉，重要的是存者對歿者的態度。歿者既對存者不可能再有任何要求和期望了，正因為這樣，更不忍讓它久暴於荒野。詩人的原意就是如此。

張進是一個低賤的役夫，隨着柳宗元到了貶地，中途死於異鄉。隨主飄零，有家難歸，舉目無親，孤魂無依，這時又因山洪而屍骨散亂，這就使他的身後帶來悲劇性。柳宗元以悲劇人物而料理張進的屍骨，又紀之以詩，卻反覆申明自己沒有重大的意圖，並不希望歿者知道，只是求其心之所安。在這種心情下寫出來的作品，不可能不含有悲劇意味。

謝榛《四溟詩話》卷四：「余讀柳子厚《掩役夫張進骸》詩，至『但願我心安，不為爾有知』，誠仁人之言也。夫子厚一代文宗，故其摛詞振藻，能佔地步如此。鎮康王西岩每於春間[1]，命校人於郊外舉白骨之暴露者，拾而瘞之，能不自以為功，人見之以為常。」所謂「仁人」，也便是富有同情心的人。謝榛為此而作了一首詩：「清明野柳搖晴煙，家家墳頭燒紙錢。歲增黃土掩宿莽，還生芳草相新鮮。復見白骨交加暴風日，但逢陰雨多淒然。欲問無言隔冥漠，不睹面貌焉知年？死也何辜？生也何忝？肉飽幾烏鳶，餘腥螻蟻纏。有靈無定處，徒爾為飈旋。（下略）」前一句寫有家屬的墳頭，每年清明都有人來燒紙錢，下面則以無主的孤魂野鬼的白骨作對照，因為已成骷髏，所以無法從面貌上測知年齡。

《古文觀止》中有一篇王守仁的《瘞旅文》，也是後世傳誦的名作。當時王守仁也因故謫為貴州龍場驛丞，恰值有吏目自京城來，帶了一子一僕，投宿土人家。守仁想去問他北方的消息，沒有成功。次日中午，有人自蜈蚣坡來，說有一個老人死於坡下，旁邊有兩人在悲哭。守仁說：「此必吏目死矣。」到了傍晚，又有人來告，坡下死的有兩人了，哭的只剩下一人，原來是他的兒子也死了。第二天，坡下有三個屍體了。守仁想到暴骨無主，命二童子持畚鍤往埋，二童子面有難色，守仁嘆了一口氣說：「噫！吾與爾猶彼也！」二童子也流淚了，便在山腳下築了三個洞穴，又撰文弔祭說：你們是誰呀！是誰呀！你為甚麼要來作此山之鬼？我因被流放而來此，也是對的，你犯了甚麼罪呀？聽說你只是個吏目，俸祿還沒有五斗，那麼，在鄉下和妻兒一同耕田，就可以過日子了，為甚麼以五斗而易七尺之軀？自己死了不算，還要加上兒子和僕人。……末了，守仁又作歌以慰死者：我今後如果死在這裏，你就帶領兒子和僕人到我處來遊玩，我們共同駕紫彪，乘文螭，登望故鄉而噓唏。如果我幸而獲生回去，那麼，你子你僕，還跟隨你，道旁的纍纍孤塚中，多是中原流落於此的，你就和他們一道呼嘯一道徘徊吧。

王文的核心是「吾與爾猶彼也」，即命運有共通地方，隨時隨地有可能猝死於半路，暴骨於荒野。本來是供旅人暫時憩息的土墩坡石，就可以成為生命的終點。王文雖故作曠達，其實是在發洩自己心頭的鬱憤；柳詩沒有明顯寫出，我們仍然可以體會得到。

註釋

1 鎮康王西岩，明宗室朱恬焯，自號西岩道人，嘉靖時封鎮康王。

天地博雅文叢

經典常談　朱自清 著
新編《千家詩》　田奕 編
邊城　沈從文 著
孔子的故事　李長之 著
啟功談金石書畫　啟功 著　趙仁珪 編
沈尹默談書法　沈尹默 著
詞學十講　龍榆生 著
詩詞格律概要　王力 著
唐宋詞欣賞　夏承燾 著
古代漢語常識　王力 著
梁思成建築隨筆　梁思成 著　林洙 編
簡易哲學綱要　蔡元培 著
唐宋詞啟蒙　李霽野 著
唐人絕句啟蒙　李霽野 著

唐詩縱橫談　周勛初 著

佛教基本知識　周叔迦 著

佛教常識答問　趙樸初 著

漢化佛教與佛寺　白化文 著

沈從文散文選　沈從文 著

宋詞賞析　沈祖棻 著

人間詞話新註　王國維 著　滕咸惠 校註

閒談寫對聯　白化文 著

魯迅作品細讀　錢理群 著

夜闌話韓柳　金性堯 著

日用交誼尺牘　譚正璧 著

陶淵明批評　蕭望卿 著

名篇詞例選說　葉嘉瑩 著

天地
www.cosmosbooks.com.hk

書　　名　夜闌話韓柳
作　　者　金性堯
編輯委員會　梅　子　曾協泰　孫立川
陳儉雯　林苑鶯
責任編輯　蔡雪蓮
美術編輯　郭志民
出　　版　天地圖書有限公司
香港黃竹坑道46號
新興工業大廈11樓（總寫字樓）
電話：2528 3671　傳真：2865 2609
香港灣仔莊士敦道30號地庫
電話：2865 0708　傳真：2861 1541
印　　刷　美雅印刷製本有限公司
香港九龍官塘榮業街6號海濱工業大廈4字樓A室
電話：2342 0109　傳真：2790 3614
發　　行　香港聯合書刊物流有限公司
香港新界荃灣德士古道220-248號荃灣工業中心16樓
電話：2150 2100　傳真：2407 3062
出版日期　2021年10月／初版

ISBN ： 978-988-8550-00-5